白魔女リンと3悪魔

ミッドナイト・ジョーカー

成田良美／著
八神千歳／イラスト

★小学館ジュニア文庫★

白《しろ》魔女《まじょ》リンと3悪魔《あくま》 ミッドナイト・ジョーカー

White Witch Rin & Three Devils

Contents《コンテンツ》

Characters《キャラクター》

天《あま》ヶ《が》瀬《せ》リン

13歳《さい》の誕生日《たんじょうび》に白魔女《しろまじょ》だと気《き》づいた中学生《ちゅうがくせい》。それと同《どう》時《じ》に3悪魔《あくま》と婚約《こんやく》することに！　時《とき》の狭間《はざま》に生《う》まれたため、星座《せいざ》はない。

瓜生《うりゅう》御影《みかげ》

リンの事《こと》が大好《だいす》きな悪魔《あくま》。情熱的《じょうねつてき》すぎてリンもドキドキ。猫《ねこ》の時《とき》は、ルビー色《いろ》の眼《め》の黒猫《くろねこ》。悪魔《あくま》の時《とき》は、炎《ほのお》を操《あやつ》る。

前田《まえだ》虎鉄《こてつ》

気《き》まぐれなようにみえて、自分《じぶん》をしっかり持《も》っている悪魔《あくま》。猫《ねこ》の時《とき》は、タイガーアイの虎猫《とらねこ》。悪魔《あくま》の時《とき》は、風《かぜ》、竜巻《たつまき》を操《あやつ》る。

北条《ほうじょう》零士《れいじ》

冷静沈着《れいせいちんちゃく》だけど、リンのことになると熱《あつ》くなることも…!?　猫《ねこ》の時《とき》は、ブルーアイの白猫《しろねこ》。悪魔《あくま》の時《とき》は、氷《こおり》、凍結《とうけつ》、ブリザードを操《あやつ》る。

神無月《かんなづき》綺羅《きら》

リンの通《かよ》う鳴星学園《めいせいがくえん》の生徒《せいと》会長《かいちょう》。成績《せいせき》トップ、日本有数《にほんゆうすう》のお嬢様《じょうさま》で、さらにモデルもしている。だけどその正体《しょうたい》は、リンを狙《ねら》う黒魔女《くろまじょ》で…。

群《むら》　雲《くも》

いつも綺羅《きら》のそばにいて、綺羅《きら》のことを考《かんが》えている美《び》青年《せいねん》。だが実《じつ》は悪魔《あくま》で、猫《ねこ》の時《とき》はパープルアイの瞳《ひとみ》を持《も》つ。

Story《ストーリー》

わたし天ケ瀬《あまがせ》リンは13歳《さい》の誕生日《たんじょうび》に、白魔女《しろまじょ》だってことが分《わ》かったの！

「ハッピーバースデイ、リン」

しかも学園《がくえん》のイケメンベスト3が、みんな悪魔《あくま》で猫《ねこ》で、私《わたし》の婚約者《こんやくしゃ》だって！

いきなりそんなこと言《い》われても…。

猫《ねこ》ver.《バージョン》

ドキドキ♥

「リン、好《す》きだ」

瓜生御影《うりゅうみかげ》くんはすごく情熱的《じょうねつてき》で気持《きも》ちもストレート。

ドキドキ♥

「君《きみ》を守《まも》りぬく」

北条零士《ほうじょうれいじ》くんは、頭《あたま》が良《よ》くていろんな呪文《じゅもん》を知《し》っているんだ。

「俺《おれ》を信《しん》じろ!」

ドキドキ♥

前田虎鉄《まえだこてつ》くんは、私《わたし》の知《し》らない世界《せかい》をいつも見《み》せてくれる。

そんな素敵《すてき》な3悪魔《あくま》から、結婚《けっこん》相手《あいて》を1人《り》選《えら》ばなくてはいけないなんて…

どうしよう!?

なに、これ!?

目障《めざわ》りね
さらに、私《わたし》たちが通《かよ》う学園《がくえん》で「学園《がくえん》七《なな》不思議《ふしぎ》」が起《お》こったり、生徒会長《せいとかいちょう》が黒魔女《くろまじょ》だったりで!?

お母《かあ》さんが残《のこ》してくれた「スタージュエル」で、白魔女《しろまじょ》も黒魔女《くろまじょ》も仲《なか》良《よ》くできる世界《せかい》を私《わたし》はつくりたい!

星《ほし》はキラメキ★恋《こい》はトキメキ★マジカルストーリー!

第《だい》1話《わ》

学《がく》園《えん》七《なな》不《ふ》思《し》議《ぎ》のフシギ

1

朝《あさ》、登校《とうこう》すると、廊下《ろうか》の掲示板《けいじばん》が目《め》に入《はい》ってきた。

オレンジと黒《くろ》で彩《いろど》られたチラシに、ポップな飾《かざ》り文字《もじ》で『鳴星学園《めいせいがくえん》ハロウィンナイト』と書《か》いてある。

「わあっ、学園《がくえん》でハロウィンやるんだぁ」

チラシにはハロウィンっぽく、かぼちゃやコウモリ、そして箒《ほうき》で夜空《よぞら》を飛《と》んでいる魔女《まじょ》が描《えが》かれている。

一緒《いっしょ》に登校《とうこう》してきた御影君《みかげくん》が、わたしの顔《かお》をのぞきこんで、

「へえ、リンはハロウィンが好《す》きなのか？」

「あ、うん。ちょっと思《おも》い入《い》れがあって」

「そうか。じゃあ、ハロウィンにデートしよう」

わたしたちの間《あいだ》に虎鉄君《こてつくん》が割って入《はい》ってきて、御影君《みかげくん》にビシッとツッコミを入《い》れる。

「じゃあ、ってなんだよ！　意味不明《いみふめい》にデートに誘《さそ》うんじゃねえ！」

さらに零士君《れいじくん》も割《わ》って入《はい》ってきて、

「朝《あさ》からいちいち距離《きょり》が近《ちか》い。リンから離《はな》れろ」

御影君《みかげくん》、虎鉄君《こてつくん》、零士君《れいじくん》、３人《にん》はいつものようににらみ合《あ》う。

実《じつ》は、わたしたちは魔女《まじょ》と悪魔《あくま》。

婚約《こんやく》という契約《けいやく》を結《むす》び、いずれわたしは、３人《にん》のうちの誰《だれ》かと結婚《けっこん》することになっている。

「おっはよ、リンリン！　トリック・オア・トリート〜！」

小学校《しょうがっこう》からのお友達《ともだち》、青山《あおやま》かずみちゃんが元気《げんき》に現《あらわ》れた。

クラスはちがうけど、何《なに》かと仲良《なかよ》くしてもらってる。

「かずみちゃん、おはよう。鳴星学園《めいせいがくえん》でハロウィンやるんだね、知《し》らなかったよ」

「なかなか盛大《せいだい》なイベントらしいよ。参加《さんか》は自由《じゆう》。リンリンもハロウィンしない？　みんなで仮装《かそう》して、トリック・オア・トリートしない？」

「したいしたいっ」

学校《がっこう》でハロウィンなんて、すっごく楽《たの》しそう。

「どんなことするのかな？」

「仮装《かそう》コンテストとか、ダンスパーティーとか」

猫《ねこ》がぴくりと耳《みみ》を立《た》てるみたいに、御影君《みかげくん》たち3人《にん》が同時《どうじ》に反応《はんのう》した。

「「「ダンスパーティー……」」」

突然《とつぜん》、御影君《みかげくん》がわたしを抱《だ》き寄《よ》せて、熱《あつ》い声《こえ》でささやいた。

「リン、好《す》きだ」

ドッキーン！　胸《むね》がとび跳《は》ねる。

御影君《みかげくん》のいきなり告白《こくはく》。

今日《きょう》もときめきパワーがハンパない。

「リンと踊《おど》りたい。俺《おれ》と一緒《いっしょ》に踊《おど》ってほしい。いいか？」

「う、うん。もちろんだよ」

ドキドキしながらうなずくと、御影君《みかげくん》はすごくうれしそうに微笑《ほほえ》んだ。

「じゃあ、予約《よやく》な」

御影君《みかげくん》が笑顔《えがお》になると、わたしも自然《しぜん》と笑顔《えがお》になっちゃう。

御影君《みかげくん》とダンス……と考《かんが》えて、ハッと我《われ》に返《かえ》った。

「そういえばわたし、ダンスなんて踊《おど》ったことない……大丈夫《だいじょうぶ》かな？」

ちょっと不安《ふあん》になってきた。

すると零士君《れいじくん》がわたしの手《て》をとって、

「問題《もんだい》ない。ダンスなら、僕《ぼく》が教《おし》えよう」

「えっ、零士君《れいじくん》、ダンスできるの？」

「ひととおりの礼儀作法《れいぎさほう》は心得《こころえ》ている。ダンスも、女性《じょせい》をエスコートするための礼儀《れいぎ》のひとつだから」

さすが零士君《れいじくん》。

成績《せいせき》トップで物知《ものし》りってだけでもすごいのに、ダンスまでできるなんてステキすぎるよ。

感心《かんしん》していると、虎鉄君《こてつくん》が軽《かる》い調子《ちょうし》で言《い》った。

「別《べつ》にうまく踊《おど》れなくてもいいんじゃね？」

「え？」

「参加《さんか》するのはこの学校《がっこう》の生徒《せいと》たちだ。みんな素人《しろうと》だろうし、楽《たの》しく踊《おど》れれば、それでよくねえか？」

「……そう？」

「大事《だいじ》なのは、ノリだろ」

虎鉄君《こてつくん》はそう言《い》って、ノリノリで踊《おど》るしぐさをする。

わたしはくすっと笑《わら》った。

「そうかも」

虎鉄君《こてつくん》らしい意見《いけん》に、身構《みがま》えていた気持《きも》ちがすっと楽《らく》になる。

3人《にん》がにらみ合《あ》って火花《ひばな》を散《ち》らした。

「予約《よやく》」

「作法《さほう》」

「ノリ」

フーッと威嚇《いかく》し合《あ》う猫《ねこ》みたい。

かずみちゃんがニコニコ笑《わら》いながら、

「リンリンも影《かげ》っちたちも、バッチリ仮装《かそう》しておいでよ！　なんてったって、ハロウィンなんだから！」

「そうだね、ハロウィンだもんね」

ハロウィンといえば仮装《かそう》だ。

（どんな仮装《かそう》しようかな？）

すごく悩《なや》むなぁ。

仮装《かそう》はしたいけど、アイデアやコーディネートにはあまり自信《じしん》がない。

（蘭《らん》ちゃんに相談《そうだん》しよ）

きっとステキな衣装《いしょう》を考《かんが》えてくれるにちがいない。

仮装《かそう》して、ダンスして、みんなとハロウィン。

早《はや》くもわくわくしてきた。

それだけでもすごく楽《たの》しみだけど、できればもうひとつ、わたしにはやりたいことがあった。

「ハロウィンで、みんなにお菓子《かし》を配《くば》りたいな」

かずみちゃんが目《め》をしばたたく。

「配《くば》る？　もらうんじゃなくて？」

「うん。昔《むかし》、ハロウィンにね、お母《かあ》さんと一緒《いっしょ》にお菓子《かし》を作《つく》って、いろんな人《ひと》たちに配《くば》ったことがあって」

それは、お母《かあ》さんが亡《な》くなる前《まえ》、一緒《いっしょ》に暮《く》らしていた頃《ころ》。

ハロウィンの夜《よる》、家《いえ》にたくさんのお客《きゃく》さんがやってきて、お菓子《かし》を手渡《てわた》すと、みんなの顔《かお》がぱあっと笑顔《えがお》で輝《かがや》いた。

「みんな喜《よろこ》んでくれて、それがすごく楽《たの》しかったんだ」

わたしが5歳《さい》くらいのときだから、細《こま》かい記憶《きおく》はあいまいだけど、楽《たの》しかったって気持《きも》ちは心《こころ》に刻《きざ》まれている。

ハロウィンのチラシを見《み》て、そのときの気持《きも》ちを思《おも》い出《だ》した。

できるなら、あの楽《たの》しさを、もう一度《いちど》味《あじ》わってみたい。

「お菓子配《かしくば》りたいなんて、すんごくリンリンっぽいね。あたしは子供《こども》のとき、オバケの格好《かっこう》して、近所《きんじょ》の家《いえ》やお店《みせ》を回《まわ》って『トリック・オア・トリート！』しまくって、お菓子《かし》たくさんもらってたけどね！」

オバケの仮装《かそう》をした元気《げんき》なかずみちゃんに、大人《おとな》たちみんなが笑《わら》いながらお菓子《かし》をあげる光景《こうけい》が目《め》に浮《う》かぶ。

すごくかずみちゃんらしいハロウィンだ。

「やりたいことがあったら、生徒会長《せいとかいちょう》に言《い》えばいいよ」

「生徒会長《せいとかいちょう》？」

「ハロウィン行事《ぎょうじ》の主催《しゅさい》は、生徒会《せいとかい》だからね。生徒会長《せいとかいちょう》の許可《きょか》がいるんだよ」

この学園《がくえん》の生徒会長《せいとかいちょう》は、神無月綺羅《かんなづききら》さん。

綺羅《きら》さんにはいくつもの顔《かお》がある。

生徒会長《せいとかいちょう》であり、人気《にんき》モデルであり、神無月財閥《かんなづきざいばつ》の令嬢《れいじょう》。

そして――黒魔女《くろまじょ》。

綺羅《きら》さんは白魔女《しろまじょ》のわたしを敵《てき》だと言《い》って、いままで何度《なんど》も魔法《まほう》で攻撃《こうげき》してきた。

御影君《みかげくん》が不機嫌《ふきげん》につぶやく。

「生徒会長《せいとかいちょう》の許可《きょか》、ねぇ。あいかわらず偉《えら》そうな奴《やつ》だな」

虎鉄君《こてつくん》がニヤッと笑《わら》って、

「おもしろくなりそうじゃん」

ふたりのつぶやきをさえぎって、零士君《れいじくん》が言《い》った。

「リン、お菓子《かし》を配《くば》りたいのなら、星占《ほしうらな》い部《ぶ》の部活動《ぶかつどう》としてやるのはどうだろう」

「あ、そうだね。それいいと思《おも》う」

「ではあとで、生徒会長《せいとかいちょう》へ参加《さんか》の申請《しんせい》をしに行《い》こう」

最近《さいきん》、綺羅《きら》さんと会《あ》っていない。

グールの襲撃《しゅうげき》もない。

平和《へいわ》なのはいいんだけど……どうしているのか、気《き》になってしまう。

(綺羅《きら》さん、元気《げんき》にしてるかな？)

そんなことを考《かんが》えていると、かずみちゃんが衝撃的《しょうげきてき》なことを言《い》った。

「そういえば生徒会長《せいとかいちょう》、さっき倒《たお》れたらしいよ」

「…………え？」

驚《おどろ》きすぎて、とっさに反応《はんのう》できなかった。

それは御影君《みかげくん》たちも同《おな》じで、3人《にん》とも驚《おどろ》いた様子《ようす》でかずみちゃんを見《み》る。

「かずみちゃん、それ本当《ほんとう》？　綺羅《きら》さんが倒《たお》れたって……」

「ホントホント。朝《あさ》から生徒会《せいとかい》の仕事《しごと》してて、その最中《さいちゅう》にバッタリ倒《たお》れたらしいよ」

わたしは思《おも》わず身《み》をのりだして、

「それで、どうなったの？　綺羅《きら》さんは大丈夫《だいじょうぶ》なの？」

「すぐに立《た》ち上《あ》がったから、大丈夫《だいじょうぶ》みたいだよ。本人《ほんにん》も、寝不足《ねぶそく》でよろけちゃったって、笑《わら》ってたみたい」

「寝不足《ねぶそく》……」

「モデルの仕事《しごと》に生徒会《せいとかい》の仕事《しごと》、勉強《べんきょう》も受験《じゅけん》もあるんだもん、ちょっと忙《いそが》しすぎだよねぇ。念《ねん》のため、1時間目《じかんめ》は保健室《ほけんしつ》で休《やす》むんだって」

チャイムが鳴《な》った。

「そんじゃ、リンリンたちの仮装《かそう》、あたしもみんなも超期待《ちょうきたい》してるから！　写真《しゃしん》はまかせてね！　じゃあね〜！」

かずみちゃんは5組《くみ》の教室《きょうしつ》へ走《はし》っていった。

すると廊下《ろうか》の向《む》こうから、地岡先生《ちおかせんせい》がやってくるのが見《み》えた。

「みなさ〜ん、おはようございまーす。朝《あさ》のホームルーム、はじまりますよ〜。教室《きょうしつ》に入《はい》ってくださ〜い」

廊下《ろうか》にいた生徒《せいと》たちが、足早《あしばや》にそれぞれの教室《きょうしつ》へ入《はい》っていく。

ホームルームの後《あと》は、すぐ1時間目《じかんめ》の授業《じゅぎょう》だ。

零士君《れいじくん》がわたしに言《い》った。

「授業《じゅぎょう》が終《お》わったら、保健室《ほけんしつ》へ様子《ようす》を見《み》に行《い》こう」

「うん」

わたしはうなずいて、教室《きょうしつ》へ向《む》かった。

向《む》かいながら、保健室《ほけんしつ》がある方向《ほうこう》を見《み》る。

保健室《ほけんしつ》は別《べつ》の校舎《こうしゃ》の端《はし》っこにあるので、ここからじゃ見《み》えない。

(本当《ほんとう》に、ただの寝不足《ねぶそく》なのかな？)

倒《たお》れるなんて、よっぽどのことだ。

まして綺羅《きら》さんは魔女《まじょ》。

わたしよりもずっと魔法《まほう》をうまく使《つか》える。

たとえケガをしても、魔法《まほう》で治療《ちりょう》や回復《かいふく》ができるはずなのに。

(魔法《まほう》では解決《かいけつ》できないことが、綺羅《きら》さんに起《お》こってるのかな……？)

心配《しんぱい》がふくらんでいく。

そのとき、虎鉄君《こてつくん》がわたしの耳元《みみもと》でささやいた。

「リン、行《い》くか？」

「え？」

ふり向《む》くと、虎鉄君《こてつくん》がわたしの目《め》をのぞきこんできて、

「保健室《ほけんしつ》。黒魔女《くろまじょ》のことが気《き》になってしょうがないんだろ？」

虎鉄君《こてつくん》は全部《ぜんぶ》お見通《みとお》しみたいだ。

「でも、これから授業《じゅぎょう》だし……」

「授業《じゅぎょう》を受《う》けたって、黒魔女《くろまじょ》の様子《ようす》が気《き》になって、集中《しゅうちゅう》できないんじゃねぇの？」

たぶん、そうにちがいない。

ゆらぐわたしの背中《せなか》を押《お》すように、虎鉄君《こてつくん》は言《い》った。

「俺《おれ》が付《つ》き合《あ》うし。行《い》こう」

さしだされた手《て》を見《み》て、心《こころ》を決《き》めた。

わたしは虎鉄君《こてつくん》の手《て》に手《て》を重《かさ》ね、一緒《いっしょ》に保健室《ほけんしつ》へ向《む》かった。

2

静《しず》かな廊下《ろうか》に、授業開始《じゅぎょうかいし》のチャイムが鳴《な》り響《ひび》いた。

わたしは虎鉄君《こてつくん》と一緒《いっしょ》に足音《あしおと》を立《た》てないよう、廊下《ろうか》を進《すす》む。

先《さき》を歩《ある》く虎鉄君《こてつくん》の足取《あしど》りは、スキップするみたいに軽《かろ》やかで、ごきげんに鼻歌《はなうた》まで歌《うた》っ

て余裕《よゆう》を感《かん》じる。

まるで、お散歩《さんぽ》してる猫《ねこ》みたい。

一方《いっぽう》わたしはオドオドして、落《お》ち着《つ》きなくあたりをキョロキョロしてしまう。

「どうした、リン？　キョロキョロして」

「なんか緊張《きんちょう》しちゃって……いままで授業《じゅぎょう》をサボったことなんてないから……見《み》つかったら怒《おこ》られるよね？」

「まあな」

「虎鉄君《こてつくん》はハラハラしないの？」

「ぜんぜん。俺《おれ》はやりたいことやってるだけ。学校《がっこう》のルールより、俺《おれ》のルール優先《ゆうせん》だからな」

「虎鉄君《こてつくん》はすごいねぇ」

自分《じぶん》の信念《しんねん》をちゃんともっている。

きっと誰《だれ》もが、自分《じぶん》のやりたいことを優先《ゆうせん》したいと思《おも》うけど。

思《おも》うだけで、ふつうはなかなか実行《じっこう》できない。

「リンだって、いまそうしてんじゃん」

「そうなんだけど……ハラハラして、落《お》ち着《つ》かないよ」

我《われ》ながら小心者《しょうしんもの》だ。

虎鉄君《こてつくん》は、わたしの頭《あたま》をぽんぽんとやって、

「大丈夫《だいじょうぶ》だって。もし先生《せんせい》に見《み》つかったら、俺《おれ》に無理《むり》やり連《つ》れてこられたって言《い》っときゃいいさ」

「そんなこと言《い》わないよ。それじゃあ、虎鉄君《こてつくん》だけが悪《わる》いことになっちゃう。怒《おこ》られるときは一緒《いっしょ》に怒《おこ》られるよ」

ははっ、と虎鉄君《こてつくん》はうれしそうに笑《わら》う。

「そっか。つまんねー説教《せっきょう》も、リンと一緒《いっしょ》なら楽《たの》しいかもな」

わたしも思《おも》わず、くすっと笑《わら》ってしまった。

「そうだね。虎鉄君《こてつくん》と一緒《いっしょ》なら、ちょっと楽《たの》しいかも」

一緒《いっしょ》に笑《わら》うと、少《すこ》し緊張《きんちょう》がゆるんだ。

わたしは虎鉄君《こてつくん》の手《て》をにぎり、引《ひ》っぱられながら後《あと》をついていった。

保健室《ほけんしつ》の前《まえ》に到着《とうちゃく》した。

ドアは閉《し》まっていて、中《なか》の様子《ようす》はわからない。

来《き》てはみたものの……保健《ほけん》の先生《せんせい》がいる可能性《かのうせい》もあることを忘《わす》れていた。

もしかしたら綺羅《きら》さんの他《ほか》にも、誰《だれ》かが休《やす》んでいるかもしれない。

「えっと……どうしよっか？」

「こっちだ」

虎鉄君《こてつくん》はわたしの手《て》を引《ひ》っぱって、外《そと》へ出《で》た。

そして保健室《ほけんしつ》の外《そと》にある大《おお》きな木《き》を指《ゆび》さして、

「あの木《き》の上《うえ》から、保健室《ほけんしつ》の中《なか》が見《み》える」

なるほど。

高《たか》い木《き》の上《うえ》からなら、誰《だれ》にも気《き》づかれずに中《なか》の様子《ようす》をうかがうことができる。

「えっと、どうやってのぼる？」

「こうやって」

体《からだ》がふわりと浮《う》き上《あ》がる。

虎鉄君《こてつくん》はわたしをお姫様《ひめさま》抱《だ》っこした。

「これで木《き》の上《うえ》にのぼるの？　大丈夫《だいじょうぶ》？」

「よゆー。しっかりつかまってろよ」

虎鉄君《こてつくん》は猫《ねこ》みたいに身軽《みがる》にジャンプして、スタッと木《き》の枝《えだ》に着地《ちゃくち》した。

そこから保健室《ほけんしつ》が見下《みお》ろせた。

でもカーテンが閉《し》められていて、中《なか》の様子《ようす》はわからない。

「見《み》えないね」

「ヘーキヘーキ。リン、手貸《てか》して」

わたしのさしだした手《て》をにぎり、虎鉄君《こてつくん》は小声《こごえ》で、

「風《かぜ》よ」

ゆるやかな風《かぜ》が吹《ふ》き、保健室《ほけんしつ》のカーテンがゆれる。

隙間《すきま》から、ベッドが見《み》えた。

誰《だれ》かが横《よこ》たわっているのはわかったけど、顔《かお》は見《み》えない。

でもベッドの枕元《まくらもと》に、男《おとこ》の人《ひと》がいるのが見《み》えた。

(群雲《むらくも》さんだ)

紫色《むらさきいろ》の瞳《ひとみ》はベッドに横《よこ》たわっている人《ひと》を見《み》つめながらゆれている。

悲《かな》しげに……苦《くる》しそうに……すごく心配《しんぱい》している感《かん》じだ。

「群雲《むらくも》さん、ちょっと変《へん》だよね……綺羅《きら》さんの具合《ぐあい》が悪《わる》いのかな？」

小声《こごえ》で虎鉄君《こてつくん》に問《と》いかけたけど、返事《へんじ》はなかった。

虎鉄君《こてつくん》の顔《かお》を見《み》ると、ほんのり赤《あか》くなっている。

「虎鉄君《こてつくん》？　どうかした？」

「へ？　あ、えーっと……うん、ちょっと」

虎鉄君《こてつくん》がめずらしく、もごもご口《くち》ごもっている。

「いやぁ……めちゃくちゃときめくな、と思《おも》って」

「え？」

「授業《じゅぎょう》サボるくらいじゃ、ぜんぜんドキドキしねえけど、これは最高《さいこう》にときめくわ、リンから抱《だ》きつかれるなんてさ」

言《い》われて、ハッとした。

木《き》から落《お》ちないように、無意識《むいしき》に虎鉄君《こてつくん》に体《からだ》を寄《よ》せて、その胸元《むなもと》に手《て》をあててしがみついていた。

ふれている手《て》から、虎鉄君《こてつくん》の高鳴《たかな》っている鼓動《こどう》が伝《つた》わってくる。

虎鉄君《こてつくん》もわたしが落《お》ちないように腕《うで》で体《からだ》をしっかり包《つつ》みこんでくれていて、ふたりで抱《だ》

き合《あ》っている形《かたち》になっていた。

わたしはあわてて虎鉄君《こてつくん》から離《はな》れて、

「ご、ごめ……きゃ!?」

そのひょうしにバランスを崩《くず》して枝《えだ》から落《お》ちたけど、空中《くうちゅう》で虎鉄君《こてつくん》に引《ひ》き寄《よ》せられて、お姫様《ひめさま》抱《だ》っこされて着地《ちゃくち》。

勢《いきお》いあまって、虎鉄君《こてつくん》は転《ころ》び、わたしはその上《うえ》にのるかたちになってしまった。

「いてて……」

「こ、虎鉄君《こてつくん》、ごめんなさい！　大丈夫《だいじょうぶ》!?」

虎鉄君《こてつくん》はほんのり顔《かお》を赤《あか》らめながら笑《わら》う。

「へーきへーき。むしろ、サンキューって感《かん》じ」

カ〜ッと顔《かお》が熱《あつ》くなる。

(ひゃ〜！　は、はずかしい……！)

そのとき、いきなり保健室《ほけんしつ》の窓《まど》が開《あ》いた。

顔《かお》を出《だ》した群雲《むらくも》さんが、紫色《むらさきいろ》の瞳《ひとみ》で鋭《するど》くわたしたちを見下《みお》ろす。

(わっ、見《み》つかっちゃった……！)

わたしは硬直《こうちょく》した。

虎鉄君《こてつくん》は不敵《ふてき》な笑《え》みを浮《う》かべながら、平然《へいぜん》と群雲《むらくも》さんに言《い》った。

「よう」

「そこで何《なに》をしている？」

虎鉄君《こてつくん》がわたしの肩《かた》を抱《だ》いて、挑発的《ちょうはつてき》に、

「見《み》てのとおり、イチャイチャしてる最中《さいちゅう》だけど？」

群雲《むらくも》さんが眼光鋭《がんこうするど》く虎鉄君《こてつくん》を見下《みお》ろす。

ふたりの視線《しせん》がぶつかり合《あ》って、不穏《ふおん》な雰囲気《ふんいき》になってきた。

わたしはあわてて、ふたりの間《あいだ》に入《はい》って、

「すみません！　騒《さわ》いでごめんなさい！　綺羅《きら》さんが倒《たお》れたって聞《き》いて……その……心配《しんぱい》で」

「……心配《しんぱい》？」

群雲《むらくも》さんは眉《まゆ》をひそめる。

「あの……綺羅《きら》さんは大丈夫《だいじょうぶ》なんですか？」

すると群雲《むらくも》さんが、半分開《はんぶんあ》いていた窓《まど》を大《おお》きく開《あ》け放《はな》った。

「――入《はい》れ」

「え？」

「保健室《ほけんしつ》にいるのはわたしと綺羅様《きらさま》だけ。そこで騒《さわ》がれては迷惑《めいわく》だ」

そう言《い》って、群雲《むらくも》さんは保健室《ほけんしつ》の奥《おく》へ引《ひ》き返《かえ》す。

虎鉄君《こてつくん》は立《た》ち上《あ》がった。

「せっかくのお招《まね》きだ。リン、行《い》こうぜ」

「うん」

虎鉄君《こてつくん》はわたしを抱《かか》えて、ひょいっと窓《まど》をのりこえて、保健室《ほけんしつ》へ入《はい》った。

わたしは小声《こごえ》で呼《よ》びかけた。

「失礼《しつれい》しまーす……綺羅《きら》さん、リンです」

返事《へんじ》はなかった。

群雲《むらくも》さんがカーテンを引《ひ》くと、綺羅《きら》さんはベッドで眠《ねむ》っていた。

その姿《すがた》を見《み》て、背筋《せすじ》がぞくっとした。

綺羅《きら》さんの顔色《かおいろ》は血《ち》の気《け》が失《う》せていて青白《あおじろ》い。

胸元《むなもと》が上下《じょうげ》し、呼吸《こきゅう》しているのは見《み》えたけど、ふつうより弱《よわ》い気《き》がした。

ぴくりとも動《うご》かなくて、起《お》きる気配《けはい》がない。

「あ、あの……綺羅《きら》さん、どうしたんですか？　すごく具合《ぐあい》が悪《わる》そうに見《み》えますけど……」

群雲《むらくも》さんは、綺羅《きら》さんを見《み》つめている。

見《み》つめながら、少《すこ》し間《ま》をおいて答《こた》えた。

「魔女《まじょ》でも疲労《ひろう》はあるし、怪我《けが》や病気《びょうき》もする。睡眠《すいみん》が不足《ふそく》すれば、体調《たいちょう》を崩《くず》す。君《きみ》もそうだろう？」

「え？　あ、はい、そうですね」

魔法《まほう》はいろいろなことができるけど、できないこともある。

体《からだ》はふつうの人間《にんげん》と同《おな》じだ。

「眠《ねむ》って休《やす》めば、回復《かいふく》する」

わたしはホッと息《いき》をついた。

「そうですか。ならいいんですけど……」

安心《あんしん》しかけたとき、群雲《むらくも》さんの口《くち》から言葉《ことば》がこぼれた。

「――いまは、まだ」

その意味《いみ》がよくわからなくて、群雲《むらくも》さんに問《と》いかけた。

「あの……？　いまはまだ、って……どういうことですか？」

群雲《むらくも》さんは口《くち》をつぐみ、綺羅《きら》さんを見《み》つめる。

すごく心配《しんぱい》そうに。

そのとき虎鉄君《こてつくん》が言《い》った。

「リン、誰《だれ》か来《き》た」

廊下《ろうか》から足音《あしおと》が聞《き》こえた。

群雲《むらくも》さんは猫《ねこ》の姿《すがた》になって言《い》った。

「保健《ほけん》の先生《せんせい》が戻《もど》ってきた。去《さ》れ」

「でも……」

もう少《すこ》し、ちゃんと綺羅《きら》さんのことを聞《き》きたい。

保健《ほけん》の先生《せんせい》が入《はい》ってきた瞬間《しゅんかん》、虎鉄君《こてつくん》はわたしを抱《だ》きかかえて窓《まど》から出《で》た。

わたしは後《うし》ろ髪《がみ》を引《ひ》かれる思《おも》いで、保健室《ほけんしつ》をあとにした。

校舎《こうしゃ》の裏《うら》まで来《く》ると、虎鉄君《こてつくん》がうなるように言《い》った。

「あの悪魔《あくま》……黒魔女《くろまじょ》の魂《たましい》を喰《く》ってんのかもしれない」

「え？」

虎鉄君《こてつくん》は固《かた》い表情《ひょうじょう》をしていた。

冗談《じょうだん》を言《い》っている感《かん》じじゃない。

「人《ひと》をあざむき、惑《まど》わし、だまして、その魂《たましい》を喰《く》らう——そんな悪魔《あくま》もいる。いや、そういう飢《う》えた悪魔《あくま》の方《ほう》が多《おお》い」

わたしが知《し》っている悪魔《あくま》はみんな、優《やさ》しくて温《あたた》かい心《こころ》をもっている。

でも人《ひと》をだまして、魂《たましい》を喰《く》らう——そんな恐《おそ》ろしい悪魔《あくま》がいるなんて信《しん》じがたい。

「魂《たましい》を食《た》べられちゃうと、どうなるの？」

「心《こころ》を失《うしな》い、生命力《せいめいりょく》を失《うしな》って肉体《にくたい》が衰《おとろ》え、やがて——死《し》にいたる」

ぞくっ。

背筋《せすじ》が凍《こお》りつくような衝撃《しょうげき》を受《う》けた。

「まさか……だって群雲《むらくも》さん、綺羅《きら》さんのことすごく心配《しんぱい》してたよ？」

「ただの寝不足《ねぶそく》であんなふうにはならない。黒魔女《くろまじょ》の生命力《せいめいりょく》が、明《あき》らかに弱《よわ》っていた」

たしかに、綺羅《きら》さんはすごく弱《よわ》っているように見《み》えた。

でも――。

(群雲《むらくも》さんが、そんなこと……)

とても信《しん》じられなかった。

3

お昼休《ひるやす》み、わたしと虎鉄君《こてつくん》は、地岡先生《ちおかせんせい》から呼《よ》びだされた。

直接《ちょくせつ》、授業《じゅぎょう》をサボっているところは見《み》つからなかったけど、席《せき》にいなかったことでバレてしまっていた。

理科室《りかしつ》のドアをたたくと、地岡先生《ちおかせんせい》が笑顔《えがお》で出迎《でむか》えてくれた。

「いらっしゃ〜い。あれ？　授業《じゅぎょう》をサボったのは、天ヶ瀬《あまがせ》さんと前田君《まえだくん》だけですよねぇ？」

わたしと虎鉄君《こてつくん》のうしろで、御影君《みかげくん》がくわっ！　と牙《きば》をむくようにして怒鳴《どな》った。

「虎鉄《こてつ》とリンを、ふたりっきりにさせてたまるかよ！」

零士君《れいじくん》は青《あお》の瞳《ひとみ》を鋭利《えいり》に細《ほそ》めながら、

「先生《せんせい》、僕《ぼく》は授業《じゅぎょう》をサボってはいませんが、リンと共《とも》に罰《ばつ》を受《う》けます」

「え？　いいんですかぁ？」

「かまいません。これ以上《いじょう》、虎鉄《こてつ》とリンをふたりきりにさせたくないので」

零士君《れいじくん》がめずらしく感情的《かんじょうてき》だ。

ふたりとも、虎鉄君《こてつくん》がわたしと授業《じゅぎょう》をサボったことでムッとしているみたい。

虎鉄君《こてつくん》は肩《かた》をすくめながら、やれやれと笑《わら》う。

「なんだよ、気《き》が利《き》かない奴《やつ》らだな。せっかくリンとふたりっきりで仲良《なかよ》くお説教《せっきょう》されようと思《おも》ったのに」

こ、虎鉄君《こてつくん》、先生《せんせい》の前《まえ》だよ。

少《すこ》しは反省《はんせい》の色《いろ》を見《み》せないと。

焦《あせ》っていると、先生《せんせい》はおおらかに笑《わら》った。

「ははは、いつもながら皆《みな》さん、仲良《なかよ》しですねぇ。けっこうけっこう。では、授業《じゅぎょう》をサボったおしおき、皆《みな》さん一緒《いっしょ》にやってもらいましょう」

テーブルに置《お》いてあるプリントの束《たば》を指《ゆび》さして、

「これ、来週《らいしゅう》からの授業《じゅぎょう》で使《つか》うプリントです。生徒《せいと》ひとりに5枚《まい》ずつ、これをひとり分《ぶん》ずつに分《わ》けて、ホッチキスでとめてください」

一学年分《いちがくねんぶん》のプリントは、けっこう量《りょう》がある。

「じゃ、僕《ぼく》はとなりの部屋《へや》にいますので、わからないことなどあったら呼《よ》んでくださいね」

「はい」

先生《せんせい》はとなりの理科準備室《りかじゅんびしつ》へ行《い》った。

さっそくわたしたちはプリントを分《わ》ける作業《さぎょう》をはじめた。

プリントを並《なら》べながら、零士君《れいじくん》が虎鉄君《こてつくん》を鋭《するど》く見《み》て、

「リンに授業《じゅぎょう》をサボらせてまで行《い》ったからには、何《なに》か情報《じょうほう》をつかんできたのだろうな？　くわしく話《はなし》を聞《き》かせてもらおうか」

「あぁ、じっくり聞《き》かせてやるぜ。保健室《ほけんしつ》でのリンと俺《おれ》のいちゃいちゃエピソードをな」

「てめぇ、燃《も》やすっ‼」

炎《ほのお》を出《だ》しそうな御影君《みかげくん》を止《と》めながら、零士君《れいじくん》はわたしに、

「リン、黒魔女《くろまじょ》の様子《ようす》はどうだった？」

わたしは、綺羅《きら》さんと群雲《むらくも》さんのことを話《はな》した。

綺羅《きら》さんは眠《ねむ》っていたけど、すごく体調《たいちょう》が悪《わる》そうだったこと。

群雲《むらくも》さんの言《い》った言葉《ことば》。

ふむ、と零士君《れいじくん》は考《かんが》えこむ。

「黒魔女《くろまじょ》の身《み》に、何《なに》かが起《お》こっている……それはたしかなようだ」

「何《なに》かって？」

「これだけの情報《じょうほう》では、まだなんとも言《い》えない。本人《ほんにん》から状態《じょうたい》を聞《き》ければ一番《いちばん》たしかなんだが」

御影君《みかげくん》が、はっ、と吐《は》き捨《す》てるように言《い》う。

「あいつらが素直《すなお》に言《い》うわけないだろ」

「そうだな。いまのところ、知《し》る手立《てだ》てはないということだ」

そんなことを話《はな》していたら、作業《さぎょう》は終《お》わった。

ふたりだとけっこう時間《じかん》がかかったと思《おも》うけど、4人《にん》でやったからあっという間《ま》に終《お》わった。

わたしは理科準備室《りかじゅんびしつ》のドアをノックした。

「先生《せんせい》、終《お》わりました」

「はーい。どうぞ」

ドアを開《あ》けると、先生《せんせい》は机《つくえ》でなにやら作業《さぎょう》をしていた。

「おぉ、早《はや》かったですね。では、おしおきは終了《しゅうりょう》です。手伝《てつだ》ってもらえて、ホント助《たす》かっちゃいました。どうもありがとうございました！」

「あの……先生《せんせい》、怒《おこ》らないんですか？　わたしたち、授業《じゅぎょう》をサボったのに……」

お説教《せっきょう》されるのを覚悟《かくご》してきたのに、お礼《れい》を言《い》われるとは思《おも》わなかった。

先生《せんせい》は頬《ほお》をぽりぽりかきながら苦笑《にがわら》いした。

「そうですねぇ、先生《せんせい》という立場《たちば》からすると、怒《おこ》らないといけないんでしょうけど。でも僕《ぼく》も、研究《けんきゅう》や考え事《かんがごと》に熱中《ねっちゅう》して、やらなきゃいけないことをすっぽかしたりするので、あんまり偉《えら》そうにお説教《せっきょう》できないんですよね～」

そういえば。

授業《じゅぎょう》でわたしたちが実験《じっけん》をしているとき、先生《せんせい》は窓辺《まどべ》でぼ～っとしていることがある。

廊下《ろうか》を歩《ある》いてて、閉《し》まっているドアに顔《かお》から激突《げきとつ》したのも見《み》たことがある。

熱中《ねっちゅう》するとまわりが見《み》えなくなっちゃうタイプみたいだ。

「それに、いつもきちんと授業《じゅぎょう》を受《う》けている天ヶ瀬《あまがせ》さんがサボるということは、何《なに》か理由《りゆう》があるんだろうなと思《おも》いまして」

「え？」

「授業《じゅぎょう》よりも、大事《だいじ》なことがあったのでしょう？」

わたしはうなずいた。

「――はい。すごく気《き》になることがあって」

「授業《じゅぎょう》も大事《だいじ》ですけど、大事《だいじ》なのはそれだけではありませんから。たまにはいいですよ」

「先生《せんせい》……」

こんなふうにサボった生徒《せいと》の気持《きも》ちを思《おも》いやってくれるなんて、ちょっと感動《かんどう》しちゃった。

地岡先生《ちおかせんせい》は、本当《ほんとう》にいい先生《せんせい》だ。

「前田君《まえだくん》は、サボるのはほどほどにしてくださいね。出席日数《しゅっせきにっすう》が足《た》りないと、進級《しんきゅう》できなくなっちゃいますからね」

虎鉄君《こてつくん》は敬礼《けいれい》ポーズで、

「うぃーっす」

虎鉄君《こてつくん》らしい返事《へんじ》にくすっと笑《わら》っていると、ふと、先生《せんせい》の机《つくえ》の上《うえ》にあるノートが目《め》に入《はい》った。

「地岡先生《ちおかせんせい》、そのノートは……？」

ノートの表紙《ひょうし》には『鳴星学園《めいせいがくえん》の七不思議《ななふしぎ》』と書《か》かれている。

先生《せんせい》はノートを手《て》にとって、

「学園《がくえん》の七不思議《ななふしぎ》の研究《けんきゅう》ノートですよ」

と、開《ひら》いて中《なか》を見《み》せてくれた。

鳴星学園七不思議《めいせいがくえんななふしぎ》
1「時計塔《とけいとう》の時子《ときこ》さん」日時《にちじ》＝鐘《かね》が鳴《な》るとき　場所《ばしょ》＝時計塔《とけいとう》
2「帰《かえ》れない廊下《ろうか》」日時《にちじ》＝雨《あめ》の日《ひ》の夕方《ゆうがた》4時《じ》4分《ぷん》　場所《ばしょ》＝西校舎《にしこうしゃ》4階《かい》の廊下《ろうか》
3「運命《うんめい》の赤《あか》い糸《いと》」日時《にちじ》＝七夕《たなばた》の前後《ぜんご》　場所《ばしょ》＝メインストリート
4「花火大会《はなびたいかい》の日《ひ》、亡《な》くなった人《ひと》に会《あ》える」日時《にちじ》＝花火大会《はなびたいかい》の夜《よる》　場所《ばしょ》＝学園近郊《がくえんきんこう》
5「満月《まんげつ》の夜《よる》、狼男《おおかみおとこ》が現《あらわ》れる」日時《にちじ》＝満月《まんげつ》の夜《よる》　場所《ばしょ》＝校庭《こうてい》
6「枯《か》れないバラ」日時《にちじ》＝？　場所《ばしょ》＝バラ園《えん》
7「　　　」日時《にちじ》＝　場所《ばしょ》＝

7の部分《ぶぶん》は、まだ空白《くうはく》になっている。

七不思議《ななふしぎ》の日時《にちじ》や場所《ばしょ》まで詳細《しょうさい》に書《か》かれていて、他《ほか》にも、生徒《せいと》の証言《しょうげん》や先生《せんせい》の考《かんが》えが、メモ書《が》きでたくさん記《しる》されている。

「先生《せんせい》……すごいです！　よく調《しら》べられましたね」

先生《せんせい》が七不思議《ななふしぎ》に興味《きょうみ》をもっていることは知《し》っていたけど、ここまで細《こま》かく調《しら》べていたとは。

先生《せんせい》は照《て》れた様子《ようす》で頭《あたま》をかきながら、

「いえいえ。ちょっとした趣味《しゅみ》ですよ」

零士君《れいじくん》が先生《せんせい》に問《と》う。

「なぜここまで、七不思議《ななふしぎ》について調《しら》べているのですか？」

「もともと、わからないことがあると知《し》りたくなっちゃう性分《しょうぶん》なんですよ。生徒《せいと》たちが興《きょう》味《み》をもっていることが、気《き》になっちゃうんです。そうそう、さっきお手洗《てあら》いに行《い》ったとき、新《あたら》しい七不思議《ななふしぎ》の噂《うわさ》を聞《き》きました」

「え？」

わたしは御影君《みかげくん》たちと顔《かお》を見合《みあ》わせた。

先生《せんせい》は、ノートに７つ目《め》の七不思議《ななふしぎ》を書《か》き入《い》れながら言《い》った。

「『誰《だれ》もいない音楽室《おんがくしつ》で、ピアノが鳴《な》る』——だそうです」

虎鉄君《こてつくん》が先生《せんせい》に問《と》う。

「せんせー、それ、誰《だれ》から聞《き》いたんだ？」

「たまたま廊下《ろうか》で女子生徒《じょしせいと》たちが話《はな》しているのを聞《き》いたんですよ。不思議《ふしぎ》ですよねぇ。みんな、きゃ〜、怖《こわ》〜い！　って怖《こわ》がりながら、興味津々《きょうみしんしん》で話《はな》してる。生徒《せいと》の口《くち》づたえに、噂《うわさ》がどんどん広《ひろ》がっていく。噂《うわさ》の出《で》どころを聞《き》いても、よくわからないんです。七不思議《ななふしぎ》ってホントに不思議《ふしぎ》で、おもしろいなぁって思《おも》うんです」

先生《せんせい》が身《み》をのりだすと、メガネがキラリと光《ひか》る。

「なんでも、七不思議《ななふしぎ》が7つそろうと、何《なに》かスゴイことが起《お》こるらしいんです」

「何《なに》かって……何《なに》がですか？」

「それはわかりません。何《なに》が起《お》こるんでしょうねぇ、とっても楽《たの》しみです！」

先生《せんせい》はうきうきした様子《ようす》で、メガネをくいっと押《お》し上《あ》げた。

理科室《りかしつ》を出《で》て、廊下《ろうか》を歩《ある》きながら、わたしはつぶやいた。

「七不思議《ななふしぎ》が7つそろうと、何《なに》かスゴイことが起《お》こる……何《なに》が起《お》こるんだろうね？」

つぶやいた問《と》いに、零士君《れいじくん》が断言《だんげん》した。

「この学園《がくえん》に、何《なに》かが現《あらわ》れるようだ」

「え？」

「先生《せんせい》のノートを見《み》て気《き》がついた」

零士君《れいじくん》は、近《ちか》くの教室《きょうしつ》へ入《はい》り、チョークをもって黒板《こくばん》に何《なに》やら描《か》きはじめた。

「これは大《おお》まかな学園《がくえん》の地図《ちず》だ」

校舎《こうしゃ》やグラウンド、体育館《たいいくかん》や中庭《なかにわ》など、学園《がくえん》の主《おも》だったものが並《なら》ぶ。

「七不思議《ななふしぎ》が発生《はっせい》した場所《ばしょ》にしるしをつけ、そして、線《せん》でつなぐ」

わたしは、あっ！　と声《こえ》をあげた。

七不思議《ななふしぎ》の発生場所《はっせいばしょ》は、学園《がくえん》とその近《ちか》くに点々《てんてん》としている。

零士君《れいじくん》はいままで起《お》きた6つの場所《ばしょ》を線《せん》で結《むす》び、三角形《さんかくけい》をふたつ描《か》いた。

ふたつの三角形《さんかくけい》は重《かさ》なっていて、星《ほし》の形《かたち》が現《あらわ》れた。

「これは……星《ほし》？」

「六芒星《ろくぼうせい》という。そして7つ目《め》の七不思議《ななふしぎ》が起《お》こると予想《よそう》される音楽室《おんがくしつ》は、ここ。新《あたら》しく建設《けんせつ》された新校舎《しんこうしゃ》にある音楽室《おんがくしつ》だ。別名《べつめい》、ピアノルーム。神無月家《かんなづきけ》から寄贈《きぞう》されたグランドピアノが置《お》かれているので、そう呼《よ》ばれている。ここから円《えん》を描《か》くと――」

零士君《れいじくん》は、六芒星《ろくぼうせい》をぐるりと囲《かこ》むように円《えん》を描《か》いた。

「これって……もしかして！」

「魔法陣《まほうじん》だ」

それはまさしく、魔法《まほう》を使《つか》うときに現《あらわ》れる魔法陣《まほうじん》だった。

「魔法陣《まほうじん》にもさまざまな種類《しゅるい》がある。おそらくこれは、空間《くうかん》を飛《と》び越《こ》えて何《なに》かを呼《よ》び寄《よ》せる、『召喚《しょうかん》の魔法陣《まほうじん》』だ」

「これが魔法陣《まほうじん》？　デカすぎないか？」

虎鉄君《こてつくん》の言《い》うとおり、形《かたち》は空《そら》飛《と》ぶ箒《ほうき》をとりだすときの魔法陣《まほうじん》と似《に》ているけど、大《おお》きさがぜんぜんちがう。

学園全体《がくえんぜんたい》がすっぽり入《はい》ってしまうような大《おお》きさだ。

零士君《れいじくん》は描《か》いた図《ず》を黒板消《こくばんけ》しで消《け》しながら、

「黒魔女《くろまじょ》は、学園《がくえん》に――いや、この世界《せかい》に、巨大《きょだい》な何《なに》かを呼《よ》び出《だ》そうとしているんだ」

（いったい何《なに》が出《で》てくるの……？）

ぞくっとして体《からだ》が震《ふる》えた。

すると、御影君《みかげくん》がわたしの肩《かた》をぐっとつかんで言《い》った。

「リン、ハロウィンの準備《じゅんび》をしよう」

「でも……それどころじゃないかも」

「大事《だいじ》なことだろ。黒魔女《くろまじょ》たちがなんかたくらんでるからって、リンが楽《たの》しみにしてることを中止《ちゅうし》にしてたまるか」

虎鉄君《こてつくん》が笑《え》みを浮《う》かべて、

「俺《おれ》も同感《どうかん》だぜ。あいつらが何《なに》しようと、リンのやりたいハロウィンをやるべきだ。ここでビビってやらないのは、負《ま》けたみてーじゃねえか」

零士君《れいじくん》がうなずいて、

「黒魔女《くろまじょ》たちのことは気《き》になるが、それは二《に》の次《つぎ》だ。僕《ぼく》らの一番《いちばん》の目的《もくてき》は、君《きみ》が日々《ひび》を楽《たの》しみ、幸《しあわ》せになることなのだから」

こわばっていた心《こころ》がほぐれた。

わたしには御影君《みかげくん》たちがついてくれている。

強《つよ》い安心《あんしん》が生《う》まれて、わたしは迷《まよ》いを吹《ふ》っ切《き》ってうなずいた。

「うん！」

4

放課後《ほうかご》、時計塔《とけいとう》にある星占《ほしうらな》い部《ぶ》の部室《ぶしつ》でハロウィンについて話《はな》し合《あ》った。

お菓子《かし》を配《くば》りたいというのが一番《いちばん》の目的《もくてき》。

でも星占《ほしうらな》い部《ぶ》で参加《さんか》するなら、星占《ほしうらな》い部《ぶ》らしいこともしたい。

「お菓子《かし》に、星占《ほしうらな》いカードをつけるのはどうかな？　十二星座《じゅうにせいざ》、それぞれの運勢《うんせい》を書《か》いた12種類《しゅるい》のカードを作《つく》って、お菓子《かし》と一緒《いっしょ》に配《くば》るの」

幽霊《ゆうれい》の蘭《らん》ちゃんが、ふわふわ空中《くうちゅう》に浮《う》かびながら、

「その人《ひと》の星座《せいざ》のカードをあげるってこと？」

「そう。何座《なにざ》か聞《き》いてね」

「いいじゃない。喜《よろこ》ばれると思《おも》うわ」

「あと、ハロウィンだから仮装《かそう》もしたいよね。衣装《いしょう》のデザイン、蘭《らん》ちゃんにお願《ねが》いしたいんだけど、いいかな？」

蘭《らん》ちゃんがキラキラと輝《かがや》いて、声《こえ》をはずませた。

「もちろん！　まっかせて！」

楽《たの》しかったりうれしかったりすると、幽霊《ゆうれい》の透《す》きとおっている体《からだ》は、星《ほし》みたいにキラキラする。

蘭《らん》ちゃんはファッションデザイナーになることが夢《ゆめ》だった。

喜《よろこ》んでやってくれるみたいでよかった。

蘭《らん》ちゃんは人形《にんぎょう》にとり憑《つ》いてテーブルに着地《ちゃくち》すると、さっそくスケッチブックを開《ひら》いて、ソファや窓辺《まどべ》で寝《ね》そべっている3匹《びき》の猫《ねこ》に問《と》いかけた。

「ねえ、あなたたち、着《き》たい衣装《いしょう》はある？」

御影君《みかげくん》たちは猫《ねこ》の姿《すがた》で休憩《きゅうけい》しながら、そっけなく言《い》う。

「ないニャ」

「めんどくせーニャ」

「制服《せいふく》で問題《もんだい》ないニャ」

3人《にん》とも仮装《かそう》に興味《きょうみ》はないみたい。

蘭《らん》ちゃんは頬《ほお》をふくらませて、

「んもう、悪魔《あくま》って、リン以外《いがい》のことはぜんぜん興味《きょうみ》ないんだから。まあいいわ。あなたたちの衣装《いしょう》は、わたしが似合《にあ》いそうなものをチョイスするから」

いままで御影君《みかげくん》たちは、執事《しつじ》、浴衣《ゆかた》、演劇《えんげき》のときの衣装《いしょう》などいろいろ着《き》てきたけど、どれもとてもかっこよかった。

(どんな仮装《かそう》するのかな?)

すごく楽《たの》しみだ。

「リンはどう? 着《き》たい衣装《いしょう》はある?」

「あ、うん。実《じつ》は……リクエストしてもいい?」

クラスの子《こ》たちがどんな仮装《かそう》をしようか、楽《たの》しそうに話《はな》しているのを聞《き》いて、わたしも着《き》たい衣装《いしょう》を思《おも》いついた。

すると3匹《びき》の猫《ねこ》の目《め》がわたしに注目《ちゅうもく》した。

黒猫《くろねこ》がスタッとわたしの前《まえ》に来《き》て、

「なんだ? リンの着《き》たい衣装《いしょう》って」

「えっとね、わたしが着《き》たいのは——」

言《い》おうとすると、蘭《らん》ちゃんが大《おお》きな声《こえ》でさえぎった。

「ストー——ップ! リン、衣装《いしょう》のリクエストはあとで聞《き》くわ。リンの衣装《いしょう》も、3ニャンコの衣装《いしょう》も、ハロウィン当日《とうじつ》まで内緒《ないしょ》ね」

え～～～!?　という感《かん》じで、ニャ～～～!?　と不満《ふまん》の声《こえ》があがる。

「言《い》っちゃうとおもしろくないじゃない。当日《とうじつ》のお楽《たの》しみよ！」

衣装《いしょう》は蘭《らん》ちゃんにおまかせすれば安心《あんしん》だ。

悩《なや》みどころは、配《くば》るお菓子《かし》だ。

「お菓子《かし》、どうしようかなぁ。できれば手作《てづく》りしたいけど……」

昔《むかし》やったときは、お母《かあ》さんが全部《ぜんぶ》決《き》めて、わたしはお手伝《てつだ》いをするだけだった。

どんなお菓子《かし》を、どれくらい作《つく》ればいいのか、ちょっと見当《けんとう》がつかない。

すると黒猫《くろねこ》が御影君《みかげくん》の姿《すがた》になって、

「リン、料理部《りょうりぶ》へ来《こ》ないか？」

「え？」

「お菓子作《かしづく》り、協力《きょうりょく》できると思《おも》う」

御影君《みかげくん》は星占《ほしうらな》い部《ぶ》と料理部《りょうりぶ》、ふたつの部《ぶ》に所属《しょぞく》している。

「料理部《りょうりぶ》に協力《きょうりょく》してもらえたら、すごく助《たす》かるけど……でも、いいのかな？　部活動《ぶかつどう》の邪《じゃ》魔《ま》にならないかな？」

「ぜんぜん平気《へいき》だ」

御影君《みかげくん》の言葉《ことば》に甘《あま》えて、料理部《りょうりぶ》へ行《い》くことにした。

白猫《しろねこ》が零士君《れいじくん》の姿《すがた》になって、

「リン、僕《ぼく》は園芸部《えんげいぶ》へ行《い》ってくる。園芸部《えんげいぶ》もハロウィンに向《む》けての作業《さぎょう》があるんだ」

零士君《れいじくん》は少《すこ》し前《まえ》、園芸部《えんげいぶ》に入部《にゅうぶ》した。

御影君《みかげくん》と同様《どうよう》、星占《ほしうらな》い部《ぶ》と園芸部《えんげいぶ》、ふたつの部《ぶ》をかけもちしている。

「園芸部《えんげいぶ》は何《なに》をするの？」

「育《そだ》てていた西洋《せいよう》かぼちゃで、ジャック・オー・ランタンを作《つく》る」

かぼちゃに顔《かお》を彫《ほ》って作《つく》るランプ。

ハロウィンには欠《か》かせないものだ。

「へえ、本物《ほんもの》のかぼちゃで作《つく》るんだね。手間《てま》かかりそうだね」

「西洋《せいよう》かぼちゃは東洋《とうよう》かぼちゃよりやわらかく、加工《かこう》がしやすい。それに、園芸部《えんげいぶ》の部員《ぶいん》がずいぶんと増《ふ》えたし、なんとかなると思《おも》う」

零士君《れいじくん》が入部《にゅうぶ》して、園芸部《えんげいぶ》に大《おお》きな変化《へんか》が起《お》こった。

ずっと部員不足《ぶいんぶそく》に悩《なや》んでいたのに、入部希望者《にゅうぶきぼうしゃ》や見学者《けんがくしゃ》が殺到《さっとう》。

女《おんな》の子《こ》はもちろん、なんと男《おとこ》の子《こ》の部員《ぶいん》も増《ふ》えたらしい。

いま学園《がくえん》では、ちょっとしたガーデニング男子《だんし》ブームが起《お》こっている。何事《なにごと》にも勉強熱心《べんきょうねっしん》な零士君《れいじくん》は、園芸《えんげい》や植物《しょくぶつ》についても勉強《べんきょう》し、園芸部《えんげいぶ》の中心《ちゅうしん》になっているみたい。

虎猫《とらねこ》が立《た》ち上《あ》がり、虎鉄君《こてつくん》の姿《すがた》になった。

「んじゃ、俺《おれ》は最後《さいご》の七不思議《ななふしぎ》が起《お》こる予定《よてい》の音楽室《おんがくしつ》へ行《い》ってみるわ。なんか手《て》がかりがないか探《さぐ》ってくる」

わたしたちは3つに分《わ》かれて、行動《こうどう》することにした。

5

料理部《りょうりぶ》は、その名前《なまえ》のとおり、料理《りょうり》やお菓子作《かしづく》りやパン作《づく》りをしている部《ぶ》だ。

部員《ぶいん》は、御影君《みかげくん》以外《いがい》、全員女《ぜんいんおんな》の子《こ》。

御影君《みかげくん》はときどき料理部《りょうりぶ》で教《おそ》わったという料理《りょうり》を家《いえ》で作《つく》ってくれるんだけど、それがどれも、とってもおいしい。

(御影君《みかげくん》、どんなふうに料理《りょうり》を教《おそ》わってるのかな?)

ちょっと興味《きょうみ》があったから楽《たの》しみだ。

調理室《ちょうりしつ》につくと、御影君《みかげくん》はがらっと勢《いきお》いよくドアを開《あ》けた。

そして中《なか》にいたエプロン姿《すがた》の女《おんな》の子《こ》たち、料理部部員《りょうりぶぶいん》さんたちに向《む》かって、

「おまえら！ 準備《じゅんび》はいいか？」

女《おんな》の子《こ》たちは、いっせいに声《こえ》をあげた。

「「「オッケーで〜〜〜す！」」」

「よし」

御影君《みかげくん》が腕組《うでぐ》みしながら、力強《ちからづよ》くうなずく。

わたしは目《め》をしばたたき、首《くび》をかしげた。

（……ん？）

御影君《みかげくん》は中学《ちゅうがく》1年生《ねんせい》、部活動《ぶかつどう》では下級生《かきゅうせい》のはずだけど。

なぜか、先生《せんせい》か上級生《じょうきゅうせい》かというようなふるまいをしている。

御影君《みかげくん》がわたしの肩《かた》をぐっと抱《だ》いて、料理部《りょうりぶ》の人《ひと》たちに向《む》かって言《い》った。

「みんな知《し》っていると思《おも》うが、改《あらた》めて紹介《しょうかい》する。俺《おれ》の婚約者《こんやくしゃ》、リンだ！」

わたしはぎょっとした。

たしかに、わたしは御影君《みかげくん》と婚約《こんやく》している。

虎鉄君《こてつくん》と零士君《れいじくん》とも。

でもそれは魔女《まじょ》と悪魔《あくま》の契約上《けいやくじょう》のことで、みんなには内緒《ないしょ》にしていることだ。

(こんなに堂々《どうどう》と、婚約者《こんやくしゃ》って……！)

紹介《しょうかい》されて、どうあいさつすればいいか困《こま》っていると。

料理部《りょうりぶ》の人《ひと》たちが笑顔《えがお》でわたしをとり囲《かこ》んで、

「リンちゃん、いらっしゃ〜い！」

「リンちゃん、会《あ》いたかったよ〜！」

すごく歓迎《かんげい》してくれた。

メガネをかけ、三角巾《さんかくきん》にエプロンをつけた上級生《じょうきゅうせい》が前《まえ》に出《で》てきて、

「部長《ぶちょう》の鍋島《なべしま》です。来《き》てくれてうれしいわ！　どうぞどうぞ、入《はい》って！」

どうぞ、どうぞ、と中《なか》へ招《まね》かれる。

「お、お邪魔《じゃま》します……」

熱烈《ねつれつ》な歓迎《かんげい》に照《て》れながら、椅子《いす》に座《すわ》った。

御影君《みかげくん》が腕組《うでぐ》みをしながら、部員《ぶいん》の人《ひと》たちに向《む》かって言《い》った。

「おまえたちに頼《たの》みがある」

きゃ〜〜〜！　とまたもや歓声《かんせい》があがる。

「何《なに》なに？」

「なんでも言《い》って〜！」

「星占《ほしうらな》い部《ぶ》でハロウィンに参加《さんか》することになった。そこでリンは、手作《てづく》りのお菓子《かし》を配《くば》りたいと言《い》っている。どんなお菓子《かし》がいいか、意見《いけん》をくれ」

次々《つぎつぎ》と手《て》があがった。

「はい！　ハロウィンなら、やはりかぼちゃかと！　かぼちゃのパウンドケーキとか、パンプキンパイとか」

「待《ま》って、量産《りょうさん》しなければならないことを考《かんが》えると、ケーキやパイは厳《きび》しいわ」

「味《あじ》はパンプキンにこだわらなくても、形《かたち》をハロウィンっぽくすればいいんじゃない？」

「クッキーはどうですか？　いろんな形《かたち》を作《つく》れるし」

「はい！　キャンディもいいと思《おも》います！　壊《こわ》れにくいので、配《くば》るのに最適《さいてき》です！」

「はい！　壊《こわ》れやすいお菓子《かし》でも、ラッピングのときに厚紙《あつがみ》を重《かさ》ねて補強《ほきょう》すればいけます！」

出《で》てきた意見《いけん》を、部長《ぶちょう》さんがホワイトボードにさらさらと書《か》いていく。

アイデアが次々《つぎつぎ》と出《で》てきて、活発《かっぱつ》な話《はな》し合《あ》いがされる。

わたしひとりじゃ、こんなにアイデアは出《で》てこない。

「すごいね！　さすが料理部《りょうりぶ》だね！」

「そうだろう。頼《たよ》りになるだろう」

御影君《みかげくん》は得意《とくい》げな顔《かお》をして、

「他《ほか》に何《なに》か心配事《しんぱいごと》はあるか？」

「そうだねえ……大勢《おおぜい》に配《くば》りたいから、たくさんお菓子《かし》を作《つく》りたくて……でもひとりじゃ作《つく》れる数《かず》に限界《げんかい》があるなぁって」

「大丈夫《だいじょうぶ》だ。俺《おれ》たち料理部《りょうりぶ》が、全力《ぜんりょく》でリンの力《ちから》になる。なぁ、みんな!!」

御影君《みかげくん》の呼《よ》びかけに、部員《ぶいん》のみんなが立《た》ち上《あ》がり、にぎりこぶしで声《こえ》をあげる。

「もちろんだよっ！」

「わたしたち、リンちゃんのためにがんばります！」

御影君《みかげくん》がゲキを飛《と》ばす。

「料理部《りょうりぶ》と星占《ほしうらな》い部《ぶ》のコラボだ！　お菓子《かし》を作《つく》って作《つく》って、作《つく》りまくるぞー！」

「「おーーっ！」」

わたしはぽか～んとしてしまった。

料理部《りょうりぶ》は女《おんな》の子《こ》ばかりだから、もっとほんわかした雰囲気《ふんいき》だと思《おも》ってた。

(料理部《りょうりぶ》って……熱《あつ》い！)

御影君《みかげくん》は炎《ほのお》の魔力《まりょく》を使《つか》う悪魔《あくま》で、すごく情熱的《じょうねつてき》だ。

その影響《えいきょう》があるのかも。

体育会系《たいいくかいけい》のようなノリに驚《おどろ》いたけど、料理部《りょうりぶ》のみんなの目《め》にはやる気《き》が燃《も》えている。

部長《ぶちょう》の鍋島《なべしま》さんが、

「じゃあ、さっそく試作《しさく》をしましょう」

すると御影君《みかげくん》がおもむろに制服《せいふく》のジャケットを脱《ぬ》ぎ、エプロンをつけた。

目《め》が覚《さ》めるような真《ま》っ赤《か》なエプロンで、ポケットには黒猫《くろねこ》のアップリケがついている。

「御影君《みかげくん》、いいね、そのエプロン。すごく似合《にあ》ってるよ」

すると御影君《みかげくん》がコホンと小《ち》さく咳払《せきばら》いをして、

「リンのもある」

「え？　わたしのも？」

御影君《みかげくん》がおずおずとエプロンをさしだしてきた。

「こんな日《ひ》のために、用意《ようい》しておいた」

御影君《みかげくん》のと同《おな》じ赤色《あかいろ》で、同《おな》じく黒猫《くろねこ》のアップリケがついている。

「わぁ、おそろいだね。ありがとう、うれしい！」

さっそく着《き》てみた。

「どうかな？」

すると御影君《みかげくん》が突然《とつぜん》、テーブルにつっぷした。

「み、御影君《みかげくん》、どうしたの？」

「おそろいエプロン……新婚夫婦《しんこんふうふ》みたいだ……！」

耳《みみ》まで真《ま》っ赤《か》にしてもだえている。

どうやら、ものすごく喜《よろこ》んでいるみたいだ。

料理部員《りょうりぶいん》の人《ひと》たちがうんうんとうなずいて、

「よかったね、御影君《みかげくん》！　リンちゃんが喜《よろこ》んでくれて」

「すっごくお似合《にあ》いだよ！」

「おめでと〜！」

なぜか拍手《はくしゅ》が起《お》こった。

（うわ、は、はずかしい……！）

すごく照《て》れくさかったけど、

御影君《みかげくん》は昔《むかし》、『禁忌《きんき》の悪魔《あくま》』と呼《よ》ばれて、忌《い》み嫌《きら》われていたことがあって。

でもいまは、料理部《りょうりぶ》のみんなと仲良《なかよ》く、こんなに楽《たの》しく部活動《ぶかつどう》をしている。

それが、なんだかすごくうれしい。

「よし、おまえら、気合《きあ》い入《い》れてハロウィンスイーツを作《つく》るぞ！」

「「「おー――っ！」」」

料理部《りょうりぶ》のみんなが材料《ざいりょう》や調理器具《ちょうりきぐ》を用意《ようい》しはじめた。

部長《ぶちょう》さんがそっと話《はな》しかけてきた。

「リンちゃん、御影君《みかげくん》の作《つく》った料理《りょうり》、食《た》べてる？」

「あ、はい。いろいろ作《つく》ってくれます。どれもすごくおいしくて、びっくりで。料理部《りょうりぶ》でがんばってるんだろうなって」

「リンちゃんのためにね」

「え？」

「御影君《みかげくん》、いつも言《い》ってるのよ。リンにおいしい料理《りょうり》を食《た》べさせたい、リンを喜《よろこ》ばせるんだって」

トクンと胸《むね》が鳴《な》った。

（御影君《みかげくん》、そんなふうに言《い》ってるんだ）

照《て》れるけど……うれしいな。

まっすぐな愛情《あいじょう》に心《こころ》がポカポカ温《あたた》まる。

部長《ぶちょう》さんがあごに手《て》をあてながら言《い》った。

「問題《もんだい》は、材料費《ざいりょうひ》ね。お菓子《かし》をたくさん作《つく》るなら、それなりに材料《ざいりょう》もたくさん必要《ひつよう》で。追《つい》加予算《かよさん》を生徒会《せいとかい》に申請《しんせい》しないと」

わたしは手《て》をあげた。

「あ、あの！　それ、わたしがやります！　ハロウィンのお菓子《かし》作《づく》りの予算《よさん》をもらえないか、生徒会長《せいとかいちょう》にお願《ねが》いしに行《い》ってきます」

「え？　でも……いいの？」

「はい。お菓子《かし》を作《つく》りたいって言《い》い出《だ》したのはわたしですし、星占《ほしうらな》い部《ぶ》の部長《ぶちょう》として、皆《みな》さんのお手伝《てつだ》いをしたいので」

「そう？　じゃあ、お願《ねが》いするわ」

御影君《みかげくん》がそっと話《はな》しかけてきた。

「リン……大丈夫《だいじょうぶ》か？」

「うん。綺羅《きら》さんに会《あ》いに行《い》かなきゃって思《おも》ってたから、ちょうどいいよ」

わたしはお菓子作《かしづく》りを手伝《てつだ》いながら、心《こころ》を引《ひ》きしめた。

6

夕方《ゆうがた》、日《ひ》が沈《しず》み、学園《がくえん》のあちこちに影《かげ》が落《お》ちはじめた。

「まもなく下校《げこう》の時間《じかん》です。学園内《がくえんない》に残《のこ》っている生徒《せいと》は、すみやかに下校《げこう》しましょう」

帰宅《きたく》をうながす放送《ほうそう》が学園内《がくえんない》に流《なが》れた。

生徒《せいと》たちが足早《あしばや》に校門《こうもん》を出《で》ていく。

学校《がっこう》から人《ひと》の気配《けはい》が消《き》えていく中《なか》、わたしは生徒会長室《せいとかいちょうしつ》の前《まえ》に立《た》った。

御影君《みかげくん》と、そして合流《ごうりゅう》した虎鉄君《こてつくん》も一緒《いっしょ》だ。

深呼吸《しんこきゅう》して、ドアをノックした。

でも返事《へんじ》はない。

御影君《みかげくん》がドアを開《あ》けようとするけど、鍵《かぎ》がかかっていて開《あ》かなかった。

「いねーな」

「部屋《へや》ん中《なか》に、黒魔女《くろまじょ》の気配《けはい》はないぞ」

生徒会《せいとかい》の仕事《しごと》が終《お》わった後《あと》、他《ほか》の人《ひと》がいなくなってから、ゆっくり話《はな》したいと思《おも》っていたんだけど。

「体調《たいちょう》が悪《わる》くて、早退《そうたい》したのかな？」

そのとき、どこからかピアノの音《おと》が聞《き》こえてきた。

「あ……綺羅《きら》さんのピアノだ」

御影君《みかげくん》が少《すこ》し驚《おどろ》いて、

「わかるのか？　音《おと》を聴《き》いただけで」

「うん。だってこれ、綺羅《きら》さんのバースデーパーティーで、綺羅《きら》さんが弾《ひ》いてた曲《きょく》だもん」

ピアノのことも音楽《おんがく》の良《よ》し悪《あ》しも、よくわからないけど。

とてもきれいな音《おと》は、ずっと心《こころ》に響《ひび》きつづけている。

「7つ目《め》の七不思議《ななふしぎ》の練習《れんしゅう》、ってか？」

虎鉄君《こてつくん》の言葉《ことば》にハッとする。

「音楽室《おんがくしつ》へ行《い》こ！」
わたしはピアノの音《おと》をたどりながら足早《あしばや》に歩《ある》きだした。

ピアノの音《おと》は、新校舎《しんこうしゃ》のピアノルームから響《ひび》いていた。
ドアの小窓《こまど》から、音楽室《おんがくしつ》の中《なか》をそっとのぞく。
壁《かべ》にはベートーベンやモーツァルトなど、有名《ゆうめい》な音楽家《おんがくか》の肖像画《しょうぞうが》が並《なら》んでいる。
グランドピアノが見《み》え、それを弾《ひ》いている綺羅《きら》さんが見《み》えた。
体調《たいちょう》は良《よ》くなったのかな。
顔色《かおいろ》が悪《わる》くなかったので、ホッとした。
綺羅《きら》さんのそばには灰色《はいいろ》の猫《ねこ》がいて、耳《みみ》を澄《す》ましている。
（わあ……！）
ピアノを弾《ひ》く美少女《びしょうじょ》と、かたわらで聴《き》き入《い》る猫《ねこ》。
それは、美《うつく》しい一枚《いちまい》の絵《え》のようだった。
あるいは映画《えいが》のワンシーン。
ステキな光景《こうけい》に、わたしは見《み》とれた。

思《おも》わず体《からだ》をのりだし、ドアが小《ちい》さく音《おと》をたてた。

猫《ねこ》の耳《みみ》がぴくりと動《うご》き、同時《どうじ》に、ピアノが止《と》まった。

綺羅《きら》さんがこちらを見《み》た。

「誰《だれ》？」

わたしはドアを開《あ》け、肩《かた》をすくめながら音楽室《おんがくしつ》へ入《はい》った。

「すみません……演奏《えんそう》の邪魔《じゃま》をしてしまって。いまの、すごくいい曲《きょく》ですね。バースデーパーティーでも弾《ひ》いてましたよね。なんていう曲《きょく》ですか？」

綺羅《きら》さんはピアノのフタを閉《し》めながら、つっけんどんに言《い》う。

「タイトルはないわ。わたくしが作曲《さっきょく》したものだから」

「えっ、作曲《さっきょく》!?」

わたしは思《おも》わず大《おお》きな声《こえ》をあげた。

「綺羅《きら》さん、すごい！　こんなステキな曲《きょく》を、作《つく》れるなんて……感動《かんどう》です！」

綺羅《きら》さんは、じっとわたしを見《み》つめる。

鋭《するど》い目《め》で、わたしの目《め》を――その奥《おく》をのぞきこむように。

「お世辞《せじ》はけっこうよ」

「いいえ、お世辞《せじ》なんかじゃ——」

綺羅《きら》さんはわたしの言葉《ことば》をさえぎって言《い》った。

「用件《ようけん》は何《なに》？」

冷《つめ》たい言《い》い方《かた》から、歓迎《かんげい》されていないのがわかる。

ひるみながら、わたしは話《はなし》を切《き》りだした。

「ハロウィンのイベントに、星占《ほしうらな》い部《ぶ》として参加《さんか》したいと思《おも》っています。料理部《りょうりぶ》の人《ひと》たちと一緒《いっしょ》にお菓子《かし》を作《つく》って、それを配《くば》りたくて……でも、お菓子《かし》の材料費《ざいりょうひ》が足《た》りなくて……それで、生徒会《せいとかい》から追加《ついか》の予算《よさん》をいただきたいと」

「予算《よさん》の申請書《しんせいしょ》は？」

「あ、あります」

もってきた申請書《しんせいしょ》をさしだした。

綺羅《きら》さんはそれを受《う》けとって目《め》を通《とお》す。

ドキドキドキ……返事《へんじ》を待《ま》つ。

やがて綺羅《きら》さんが読《よ》み終《お》えて、生徒会長《せいとかいちょう》の口調《くちょう》で言《い》った。

「星占《ほしうらな》いカード、手作《てづく》りお菓子《かし》……いいアイデアね」

「え？」

「きっとみんな、喜《よろこ》ぶでしょう。ハロウィンも盛《も》り上《あ》がるわ。生徒会会議《せいとかいかいぎ》で、特別予算《とくべつよさん》を出《だ》せるよう、取《と》り計《はか》らっておきます」

「ありがとうございます！」

追加予算《ついかよさん》がもらえることも、もちろんうれしいけど。

（いいアイデアだって、言《い》ってくれた）

綺羅《きら》さんにわたしのことを認《みと》めてもらえた気《き》がして、すごくうれしい。

「もう下校時刻《げこうじこく》をすぎたわ。早《はや》くお帰《かえ》りなさい」

綺羅《きら》さんはわたしたちの横《よこ》を通《とお》り、音楽室《おんがくしつ》から出《で》ていこうとした。

灰色《はいいろ》の猫《ねこ》も、そのあとにつづく。

「あ、あの！　わたしに、何《なに》かお手伝《てつだ》いできることはありませんか？」

綺羅《きら》さんが立《た》ち止《ど》まった。

「綺羅《きら》さん、体調《たいちょう》があまりよくないんですよね？　大変《たいへん》みたいだから……」

できるなら力《ちから》になりたい。

窓《まど》から射《さ》しこむ夕日《ゆうひ》が綺羅《きら》さんの背《せ》を照《て》らし、濃《こ》い影《かげ》を床《ゆか》に落《お》としている。

綺羅《きら》さんはふり向《む》いて、わたしに言《い》った。

「ひとつだけあるわ。――わたくしの前《まえ》から、いますぐ消《き》えなさい」

胸元《むなもと》で、スタージュエルがチカチカ光《ひか》った。

ぎくっとした。

綺羅《きら》さんが群雲《むらくも》さんの手《て》をにぎり、黒魔女《くろまじょ》の姿《すがた》でわたしをにらんでいた。

「スパイラル・スピンクス！」

綺羅《きら》さんの魔力《まりょく》で糸《いと》がつむがれる。

その糸《いと》が槍《やり》のようになってせまってきた。

「リン！」

御影君《みかげくん》と虎鉄君《こてつくん》が、わたしの手《て》にふれようとする。

でも、できなかった。

「サザンキルト！」

綺羅《きら》さんの糸《いと》がふたりの手《て》や体《からだ》に巻《ま》きつき、わたしから引《ひ》き離《はな》される。

「ぐっ！」

「がっ！」

「御影君《みかげくん》！　虎鉄君《こてつくん》！」

ふたりは蜘蛛《くも》の巣《す》にかかった獲物《えもの》のように、糸《いと》に捕《と》らえられてしまった。

綺羅《きら》さんが不愉快《ふゆかい》そうな顔《かお》でわたしを見《み》て、

「バカな子《こ》……わたくしの前《まえ》から消《き》えなさいって、何度言《なんどい》ったらわかるの？　消《き》えないなら、力《ちから》づくで消《け》すまでよ」

わたしはキッと綺羅《きら》さんを見返《みかえ》した。

「どうしてですか？　わたし、綺羅《きら》さんに何《なに》かしましたか？」

「いいえ」

「じゃあ、どうして――」

「あなたが、白魔女《しろまじょ》だからよ」

それは、いままでにも言《い》われてきたことだ。

「白魔女《しろまじょ》だと、何《なに》がいけないんですか？」

「わたくしはこれから罪《つみ》を犯《おか》すわ」

「罪《つみ》……？」

「白魔女《しろまじょ》なら、必《かなら》ずそれを邪魔《じゃま》してくる。だからよ」

そんな答《こた》えじゃ納得《なっとく》できない。

「綺羅《きら》さん、わたしは……あなたと争《あらそ》いたくありません。困《こま》っていたら相談《そうだん》に乗《の》りたいし、できることがあれば、力《ちから》になりたいって思《おも》ってます！」

綺羅《きら》さんは吐《は》き捨《す》てるように言《い》う。

「よけいなお世話《せわ》よ」

「罪《つみ》ってなんですか？　綺羅《きら》さん、ちゃんとわけを教《おし》えてください！　お願《ねが》いします！」

「無駄《むだ》よ。話《はな》したところで、あなたとわかり合《あ》えることはないわ」

「そんなこと……話《はな》してみなきゃ、わからないじゃないですか！」

「わかるわ」

綺羅《きら》さんは断言《だんげん》した。

「わたくしたちは黒魔女《くろまじょ》と白魔女《しろまじょ》……価値観《かちかん》がちがう、考《かんが》え方《かた》もやり方《かた》もちがう。何《なに》もかもがちがうのだから」

黒髪《くろかみ》がざわざわと動《うご》き、空中《くうちゅう》で波打《なみう》ちはじめた。

綺羅《きら》さんは決意《けつい》に満《み》ちた瞳《ひとみ》でわたしを見《み》すえ、魔法《まほう》の呪文《じゅもん》を唱《とな》えた。

「ディスジェイド！」

その手《て》から真《ま》っ黒《くろ》な衝撃波《しょうげきは》が放《はな》たれた。

わたしはスタージュエルをにぎって叫《さけ》んだ。

「零士君《れいじくん》‼」

瞬間《しゅんかん》、わたしのまわりにブリザードが巻《ま》き起《お》こった。

雪《ゆき》の結晶《けっしょう》とともに零士君《れいじくん》が現《あらわ》れて、わたしを背《せ》にかばって立《た》つ。

わたしの盾《たて》となって、零士君《れいじくん》は綺羅《きら》さんの攻撃《こうげき》を胸元《むなもと》に受《う》けた。

「うぐ……！」

零士君《れいじくん》は倒《たお》れ、白猫《しろねこ》になってしまった。

「零士君《れいじくん》！」

「零士君《れいじくん》！　零士君《れいじくん》‼」

白猫《しろねこ》は床《ゆか》に倒《たお》れ、苦《くる》しそうに顔《かお》をしかめる。

呼《よ》びかけても、うめき声《ごえ》が返《かえ》ってくるだけだった。

綺羅《きら》さんは冷《ひ》ややかに言《い》った。

「あなたがわたくしの忠告《ちゅうこく》を聞《き》かないからよ。あなたのせいで、その悪魔《あくま》は傷《きず》ついた」

そして群雲《むらくも》さんと去《さ》っていった。

7

夕方《ゆうがた》になって、空《そら》が崩《くず》れはじめた。

どんよりとした雲《くも》がたちこめて、遠《とお》くでゴロゴロと雷鳴《らいめい》が聞《き》こえる。

雷《かみなり》の音《おと》は、なんだか不安《ふあん》になる。

わたしは家《いえ》の台所《だいどころ》でティーポットにミルクティーを入《い》れて、二階《にかい》の自分《じぶん》の部屋《へや》に入《はい》った。

白猫《しろねこ》になってしまった零士君《れいじくん》が、わたしのベッドに横《よこ》たわっている。

「零士君《れいじくん》、どう？　痛《いた》む？」

白猫《しろねこ》はあおむけで微笑《ほほえ》む。

「大丈夫《だいじょうぶ》ニャ。休息《きゅうそく》をとれば、回復《かいふく》するニャ」

零士君《れいじくん》はわたしをかばって綺羅《きら》さんの攻撃《こうげき》を受《う》けた。

そして人間《にんげん》の姿《すがた》になれないほど、大《おお》きなダメージを負《お》ってしまった。

「ごめんね、わたしのせいで……」

「謝《あやま》る必要《ひつよう》はないニャ。君《きみ》が無事《ぶじ》でよかった」

白猫《しろねこ》の手《て》が励《はげ》ますように、わたしの手《て》に優《やさ》しくふれてきた。

きれいな肉球《にくきゅう》がぷにっと押《お》しつけられる。

(うっ、ぷにぷにしてる……気持《きも》ちいい……!)

ニヤけそうになるのを必死《ひっし》にこらえる。

(ダメダメ、ニヤけてる場合《ばあい》じゃないよ)

零士君《れいじくん》はわたしのせいで傷《きず》ついたのに。

笑《わら》いそうになるのをがまんしていると、黒猫《くろねこ》が白猫《しろねこ》の手《て》を打《う》ちはらった。

「この手《て》を離《はな》せニャ!」

黒猫《くろねこ》と虎猫《とらねこ》が、グルルル……となりながら、ベッドにいる白猫《しろねこ》をにらむ。

「零士《れいじ》、どさくさにまぎれてリンにさわるニャ! 調子《ちょうし》にのって看病《かんびょう》されやがって、そのうちキスしてほしいとか言《い》いだすに決《き》まってるニャ!」

虎猫《とらねこ》が黒猫《くろねこ》にビシッとつっこみを入《い》れて、

「そりゃ、オメーだろ! 零士《れいじ》、ちょっと魔力《まりょく》が弱《よわ》ったくらいで、リンに甘《あま》えてんじゃねーぞ!」

白猫《しろねこ》は布団《ふとん》の中《なか》でひげをそよがせながら、勝《か》ち誇《ほこ》ったようにふっと笑《わら》って、

「これぞまさしく、ケガの功名《こうみょう》……」

黒猫《くろねこ》と虎猫《とらねこ》が、ぎりっと歯噛《はが》みしながら、

「くっそ～、リンの看病《かんびょう》を満喫《まんきつ》しやがって！」

「俺《おれ》もケガしてぇ！」

２匹《ひき》の猫《ねこ》がくやしそうに地団駄《じだんだ》を踏《ふ》む。

（ぷんぷん怒《おこ》って、ジタバタしてる……か、かわいい……！）

ニヤけそうになるのを必死《ひっし》にこらえる。

がんばって顔《かお》を引《ひ》きしめながら、わたしは３人《にん》に頭《あたま》を下《さ》げた。

「御影君《みかげくん》、虎鉄君《こてつくん》、零士君《れいじくん》……ごめんなさい」

黒猫《くろねこ》が首《くび》をかしげる。

「どうして謝《あやま》るんだ？」

「だって、わたしが綺羅《きら》さんに近《ちか》づいたから……御影君《みかげくん》たちが傷《きず》つく可能性《かのうせい》があるのに」

少《すこ》し考《かんが》えればわかることなのに……思《おも》いがいたらなかった。

「わたし、みんなに助《たす》けられることを、当《あ》たり前《まえ》と思《おも》っていたのかも……」

黒猫《くろねこ》がますます首《くび》をかしげて、

「俺《おれ》たちがリンを守《まも》るのは、当《あ》たり前《まえ》だぞ？」

「でも……わたし、それに甘《あま》えすぎてない？」

虎猫《とらねこ》が笑《わら》って、

「もっともっと、どんどん甘《あま》えていいぜ。それ、めちゃくちゃうれしーから」

白猫《しろねこ》の零士君《れいじくん》が問《と》いかけてきた。

「神無月綺羅《かんなづききら》のことを知《し》りたい――その思《おも》いに、変《か》わりはないか？」

わたしは自分《じぶん》の心《こころ》に問《と》いかける。

悩《なや》むことなく、答《こた》えはすぐに出《で》た。

「うん。嫌《きら》いだって言《い》われたり、攻撃《こうげき》されたりするのはつらいけど……怖《こわ》いし、逃《に》げたくなるけど……でも、知《し》りたい」

どうして白魔女《しろまじょ》を嫌《きら》うのか。

そこには何《なに》か理由《りゆう》があるはずだ。

「綺羅《きら》さんの思《おも》ってること、ちゃんと知《し》りたい」

零士君《れいじくん》はうなずいて、

「君《きみ》が信念《しんねん》をもっているならいい。僕《ぼく》たちは、それを応援《おうえん》するだけだ」

その言葉《ことば》に、御影君《みかげくん》と虎鉄君《こてつくん》もうなずく。

「ありがとう、みんな」

わたしは幸《しあわ》せ者《もの》だ。

しみじみとそう思《おも》う。

「んで、これからどうすんだ？」

「あいつら、手強《てごわ》いからな」

「黒魔女《くろまじょ》のことを知《し》りたくても、相手《あいて》に答《こた》えるつもりはまったくないようだしな」

わたしは、ふとひらめいた。

「綺羅《きら》さんのこと、群雲《むらくも》さんに聞《き》いたらどうかな？」

びっくりしたのか、猫《ねこ》たちは目《め》を見開《みひら》いた。

「いや、あいつも黒魔女《くろまじょ》と同《おな》じだろ。聞《き》いたって答《こた》えるもんか」

「そうかな？　保健室《ほけんしつ》にも入《い》れてくれたし、聞《き》いたら少《すこ》しは教《おし》えてくれるかも」

綺羅《きら》さんは思《おも》いっきり敵視《てきし》してくるけど、実《じつ》は、群雲《むらくも》さんからはそんなに敵意《てきい》を感《かん》じない。

ゴロゴロゴロ……遠《とお》くにあった雷鳴《らいめい》がすぐ近《ちか》くで聞《き》こえた。

そのとき、３匹《びき》の猫《ねこ》がいっせいに窓《まど》に目《め》を向《む》けた。

ピカッ！

窓《まど》の外《そと》で稲光《いなびかり》が走《はし》った。

その光《ひかり》に照《て》らされて、窓《まど》の外《そと》に猫《ねこ》の影《かげ》が見《み》えた。

スーッと窓《まど》が開《あ》き、部屋《へや》に入《はい》ってきた猫《ねこ》を見《み》て、わたしは驚《おどろ》いて立《た》ち上《あ》がった。

全身《ぜんしん》の毛《け》は灰色《はいいろ》、紫《むらさき》の目《め》をしたコラットという種類《しゅるい》の猫《ねこ》。

「群雲《むらくも》さん！」

猫《ねこ》の姿《すがた》をした群雲《むらくも》さんだ。

3匹《びき》はフー！　と警戒《けいかい》に毛《け》を逆立《さかだ》てる。

「おまえ、何《なに》しに来《き》たニャ!?」

「さては、黒魔女《くろまじょ》の命令《めいれい》で、リンを攻撃《こうげき》しに来《き》たんだニャ!?」

「魔力《まりょく》は使《つか》えずとも、体《からだ》をはってリンを守《まも》るニャ！」

群雲《むらくも》さんは窓《まど》を閉《し》め、スタッとジュータンに着地《ちゃくち》して、

「騒《さわ》ぐな。話《はなし》を聞《き》け」

御影君《みかげくん》たちは牙《きば》をむいて、

「おまえと話《はな》すことなんかないニャ！」

「いますぐ出《で》てけニャ！」

猫《ねこ》たちがニャーニャー騒《さわ》いでいると、階段《かいだん》をダダダダ！　と勢《いきお》いよく上《あ》がってくる音《おと》がして、

パジャマ姿《すがた》のお父《とう》さんが部屋《へや》にかけこんできた。

「リン、どうした!?　なんの騒《さわ》ぎだ！」

お父《とう》さんは目《め》を見開《みひら》いて叫《さけ》んだ。

「猫《ねこ》が4匹《ひき》……1匹《ぴき》、増《ふ》えてる!!」

ぎくっ！

わたしは硬直《こうちょく》して、猫《ねこ》4匹《ひき》も動《うご》きがピタッと止《と》まった。

しっぽや耳《みみ》までピンと立《た》っている。

「我《わ》が家《や》には、いったい何匹《なんびき》の猫《ねこ》がいるんだ!?　猫《ねこ》が1匹《ぴき》……また1匹《ぴき》と増《ふ》え、やがてうちは猫屋敷《ねこやしき》に……！」

お父《とう》さんは怪談《かいだん》を語《かた》るように、おどろおどろしく語《かた》る。

わたしは顔《かお》を引《ひ》きつらせながら、無理《むり》やり笑《わら》う。

「そんな大《おお》げさな。黒《くろ》ちゃんのお友達《ともだち》が遊《あそ》びに来《き》ただけだよ。ほら、今日《きょう》は雨《あめ》が降《ふ》りそう

だし、寒《さむ》いし、風邪《かぜ》引《ひ》いちゃうと大変《たいへん》だから」

お父《とう》さんは、4匹《ひき》をじいっと見《み》て、

「……本当《ほんとう》に、猫《ねこ》か？」

ぎくっぎくっ！

心臓《しんぞう》がばくばくして、口《くち》から飛《と》び出《で》そう。

わたしは必死《ひっし》に笑顔《えがお》を作《つく》った。

「ね、猫《ねこ》だよぉ。どこから見《み》ても、猫《ねこ》でしょう？」

「そうなんだが……どこから見《み》ても、たしかに猫《ねこ》なんだが……う～ん……」

疑問《ぎもん》を感《かん》じているようで、4匹《ひき》の猫《ねこ》たちを食《く》い入《い》るように見《み》つめている。

お父《とう》さんって、ときどきすごく鋭《するど》い。

さすが警察官《けいさつかん》。

猫《ねこ》たちを見《み》る目《め》は、犯人《はんにん》を探《さぐ》るような目《め》だ。

「お父《とう》さん、明日《あした》も朝早《あさはや》くからお仕事《しごと》なんでしょ？　早《はや》く休《やす》んだ方《ほう》がいいよ。ね？」

「あ、ああ、そうだな」

お父《とう》さんは猫《ねこ》に背《せ》を向《む》け、ドアに向《む》かう。

猫《ねこ》たちがホッとして、耳《みみ》としっぽがたれる。

瞬間《しゅんかん》、お父《とう》さんがくるっとふり向《む》いた。

猫《ねこ》たちがピタッと動《うご》きを止《と》め、また耳《みみ》としっぽが立《た》つ。

お父《とう》さんと猫《ねこ》たちの目《め》が合《あ》って、緊迫《きんぱく》の空気《くうき》が流《なが》れる。

お父《とう》さんが部屋《へや》から出《で》ていくと見《み》せかけて、ふり向《む》くと、猫《ねこ》たちがピタリと止《と》まる。

なんか、ダルマさんが転《ころ》んだ、みたいになってるよ。

「お父《とう》さん、おやすみなさい！」

きりがないので、わたしはお父《とう》さんの背中《せなか》を押《お》して、部屋《へや》から追《お》いだした。

そしてお父《とう》さんが階段《かいだん》をおりていったのを確認《かくにん》して、ようやくホッと息《いき》をついた。

猫《ねこ》たちのピンと立《た》っていた耳《みみ》としっぽも、ふにゃ〜とやわらかくなった。

零士君《れいじくん》が提案《ていあん》した。

「騒《さわ》ぐと、リンのお父《とう》さんが来《き》てしまう。ここは冷静《れいせい》に、声《こえ》をおさえて静《しず》かに話《はな》し合《あ》おう」

ニャ、と猫《ねこ》たちはうなずいた。

「群雲《むらくも》さん、ホットミルクティー、いかがですか？　ちょうど、みんなでお茶《ちゃ》しようと思《おも》ってたところなんです。外《そと》、寒《さむ》かったでしょう？　お口《くち》に合《あ》うかどうかわかりませんが、温《あたた》まると思《おも》います」

「……いただこう」

「御影君《みかげくん》たちは熱《あつ》いのが苦手《にがて》なので、ちょっとぬるめにしてあるんですけど。群雲《むらくも》さんのお好《この》みは、熱《あつ》めですか？　ぬるめですか？」

「わたしも、ぬるめでけっこうだ」

やっぱり群雲《むらくも》さんも猫舌《ねこじた》なんだ。

わたしは微笑《ほほえ》ましく思《おも》いながら、ティーポットのミルクティーをカップにそそぎ、群雲《むらくも》さんにさしだした。

「どうぞ」

灰色《はいいろ》の猫《ねこ》は群雲《むらくも》さんの姿《すがた》になって、カップに手《て》をのばしてきた。

カップを渡《わた》すときに一瞬《いっしゅん》、お互《たが》いの手《て》がふれた。

（え？）

びくっとして、思《おも》わず手《て》を引《ひ》っこめてしまった。

（群雲《むらくも》さんの手《て》……冷《つめ》たい——）

体温《たいおん》が感《かん》じられない、氷《こおり》みたいな冷《つめ》たさだった。

外《そと》は寒《さむ》いから冷《ひ》えてしまったのかと思《おも》ったけど、そのわりに群雲《むらくも》さんは震《ふる》えてないし、寒《さむ》がっているような感《かん》じもない。

ふつうにミルクティーを飲《の》んでいる。

(手《て》が冷《つめ》たかったのは……悪魔《あくま》だから？　ううん、だって御影君《みかげくん》たちはあったかいし……)

考《かんが》えていると、群雲《むらくも》さんはミルクティーを飲《の》んで一息《ひといき》つき、ポツリと言《い》った。

「……綺羅様《きらさま》がすまなかった」

「え？」

「心配《しんぱい》をして来《き》てくれたのに、その厚意《こうい》を踏《ふ》みにじるようなことを……わたしから詫《わ》びさせてもらう」

群雲《むらくも》さんの口《くち》からそんな言葉《ことば》が出《で》てくるとは想像《そうぞう》もしていなくて、驚《おどろ》いた。

御影君《みかげくん》たちも顔《かお》を見合《みあ》わせて、とまどっている。

「あの……わざわざ謝《あやま》りに来《き》てくれたんですか？」

群雲《むらくも》さんはうなずいて、

「嫌悪《けんお》されても、攻撃《こうげき》されても、君《きみ》は綺羅様《きらさま》を嫌《きら》うことなく、知《し》ろうと接《せっ》してくれている。いままでそんな相手《あいて》はいなかった」

群雲《むらくも》さんがまっすぐにわたしを見《み》て、言《い》った。

「君《きみ》さえよければ、もしその気《き》があるのなら……——綺羅様《きらさま》と、友達《ともだち》になってほしい」

8

心《こころ》にかかっていた霧《きり》が晴《は》れるようだった。

綺羅《きら》さんのこと、もっと知《し》りたいし、できれば力《ちから》になりたいって思《おも》ってた。

群雲《むらくも》さんの言葉《ことば》で、自分《じぶん》の望《のぞ》みがはっきりとわかった。

(わたしも、綺羅《きら》さんと友達《ともだち》になりたい！)

魔女《まじょ》はこの世界《せかい》にそんなにたくさんいない。

黒《くろ》とか白《しろ》とか、ちがいはあるかもしれないけど。

同《おな》じ魔女《まじょ》だ。

もし、綺羅《きら》さんと友達《ともだち》になれたら——すごくうれしいよ！

群雲《むらくも》さんがわたしに向《む》かって頭《あたま》を下《さ》げた。

「できれば友《とも》となって、綺羅様《きらさま》を支《ささ》えてほしい」

黒猫《くろねこ》がとげとげしい口調《くちょう》で言《い》った、

「おまえ、何言《なにい》ってんだ？　いままでさんざんリンを襲《おそ》ってきたくせに」

虎猫《とらねこ》もぎらりとした目《め》でにらんで、

「そっちからケンカ売《う》ってきておいて、いまさら虫《むし》が良《よ》すぎねぇか？」

わたしはあわてて、

「待《ま》――」

ふたりを止《と》めようとすると、白猫《しろねこ》がわたしの手《て》に猫手《ねこて》をのせ、青《あお》い瞳《ひとみ》で目配《めくば》せしてきた。

それを見《み》て、ハッと気《き》づいた。

綺羅《きら》さんのことを知《し》りたいというわたしの気持《きも》ちを、御影君《みかげくん》たちは知《し》っている。

知《し》っていて、冷《つめ》たいことを言《い》っているんだ。

(何《なに》か考《かんが》えがあってのことなんだ)

わたしは口《くち》をつぐみ、みんなにまかせた。

白猫《しろねこ》の零士君《れいじくん》がベッドから立《た》ち上《あ》がり、わたしの前《まえ》に出《で》て、群雲《むらくも》さんと向《む》き合《あ》った。

「黒魔女《くろまじょ》は、リンを敵《てき》だとはっきりと言《い》っている。なのに、そのリンに、なぜ助《たす》けを求《もと》める？」

群雲《むらくも》さんはしばらく間《ま》をおいて、迷《まよ》いをにじませながら言《い》った。

「まもなく、ハロウィンだからだ」

わたしは首《くび》をかしげた。

「ハロウィンだから……ですか？」

「ハロウィンに、綺羅様《きらさま》は7つ目《め》の学園七不思議《がくえんななふしぎ》を完成《かんせい》させるつもりでいる……『ハロウインの夜《よる》に完成《かんせい》させろ』と指示《しじ》されたからだ」

零士君《れいじくん》が鋭《するど》い口調《くちょう》で問《と》う。

「指示《しじ》？　誰《だれ》からの？」

「『願《ねが》いを叶《かな》える魔導書《まどうしょ》』からだ」

「魔導書《まどうしょ》？」

「おまえたちが学園《がくえん》に入学《にゅうがく》してきた頃《ころ》、綺羅様《きらさま》は生徒会長室《せいとかいちょうしつ》の本棚《ほんだな》に、それを見《み》つけた。魔力《まりょく》のない人間《にんげん》が見《み》れば、何《なに》も書《か》かれていない白紙《はくし》の本《ほん》だが、魔力《まりょく》をもつ者《もの》がもてば文字《もじ》が浮《う》かび上《あ》がる。そこに魔法界《まほうかい》の文字《もじ》で指示《しじ》が現《あらわ》れるんだ」

へえ、そんな不思議《ふしぎ》な本《ほん》があるんだ。

何《なに》か魔法《まほう》がかけられているのかな。

「綺羅様《きらさま》には叶《かな》えたい願《ねが》いがある。叶《かな》えるために、七不思議《ななふしぎ》を完成《かんせい》させようとしているんだ」

虎鉄君《こてつくん》が眉《まゆ》をひそめて、

「それ、めちゃくちゃ怪《あや》しくねぇか？　生徒会長《せいとかいちょう》の部屋《へや》に、なんでそんなものがあるんだ？　そこに置《お》いたのは誰《だれ》だ？」

「わからない」

「わからないのに、その指示《しじ》に従《したが》うのか？　危険《きけん》だと思《おも》わねぇのか？」

群雲《むらくも》さんは苦渋《くじゅう》をにじませながらうなずいて、

「危険極《きけんきわ》まりないと思《おも》っている。綺羅様《きらさま》は、魔導書《まどうしょ》の指示《しじ》に従《したが》い、グールを出現《しゅつげん》させてきたが、途中《とちゅう》から、綺羅様《きらさま》ではない誰《だれ》かがグールを出現《しゅつげん》させるようになってきた。まるで誰《だれ》かが、七不思議《ななふしぎ》の完成《かんせい》を急《いそ》がせるように……」

「そのこと、綺羅《きら》さんは知《し》っているんですか？」

「むろん、綺羅様《きらさま》もわかっている。だが、それでも、それにすがってしまうほど、綺羅様《きらさま》は追《お》いつめられている」

綺羅《きら》さんは生徒会長《せいとかいちょう》をつとめるほど頭《あたま》のいい人《ひと》だ。

そんな人《ひと》が、そんな危険《きけん》な賭《か》けのようなことをするなんて。

零士君《れいじくん》が問《と》いかけた。

「学園七不思議《がくえんななふしぎ》が完成《かんせい》すれば、学園《がくえん》に巨大《きょだい》な召喚《しょうかん》の魔法陣《まほうじん》が描《えが》かれる。それは知《し》っているか？」

群雲《むらくも》さんはうなずいた。

「――ああ」

「いったい何《なに》を呼《よ》ぼうとしているんだ？」

群雲《むらくも》さんは意《い》を決《けっ》したように答《こた》えた。

「ジャック・オー・ランタンだ」

わたしは目《め》をぱちくりした。

「ジャック・オー・ランタン……？」

「『ハロウィンの夜《よる》に七不思議《ななふしぎ》を完成《かんせい》させ、魔法陣《まほうじん》を描《えが》く。さすればジャック・オー・ランタンが現《あらわ》れ、汝《なんじ》のいかなる願《ねが》いをも叶《かな》えるだろう』――魔導書《まどうしょ》には、そう書《か》かれていた」

「かぼちゃのランタンが、どうやって願《ねが》いを叶《かな》えるんですか?」

はてなマークを頭《あたま》にいっぱい浮《う》かべながら首《くび》をかしげていると、零士君《れいじくん》が教《おし》えてくれた。

「ジャック・オー・ランタン……意味《いみ》は『ランタン持《も》ちの男《おとこ》』。人間界《にんげんかい》では、かぼちゃのランタンをさすようだが、魔界《まかい》ではちがう」

「え? ちがうって……?」

「言《い》い伝《つた》えがある。昔《むかし》、ジャックという男《おとこ》が、人間界《にんげんかい》で悪逆非道《あくぎゃくひどう》な行《おこな》いをくり返《かえ》し、罪人《ざいにん》となって処刑《しょけい》された。しかしジャックが犯《おか》した罪《つみ》はあまりにひどかったため、死後《しご》の世界《せかい》も、魔界《まかい》も受《う》け入《い》れを拒否《きょひ》した。行《ゆ》き場《ば》を失《うしな》ったジャックは、かぼちゃのランタンをもって、この世界《せかい》をずっとさまよいつづけているという」

ぞっとして、わたしは身震《みぶる》いした。

死後《しご》の世界《せかい》からも、魔界《まかい》からも拒絶《きょぜつ》されるなんて。

いったいジャックはどんな罪《つみ》を犯《おか》したんだろう?

黒猫《くろねこ》がひげをそよがせながら、

「俺《おれ》もジャックの噂《うわさ》は聞《き》いたことがある。ランタンの中《なか》に灯《とも》っている炎《ほのお》は、魔除《まよ》けの炎《ほのお》とも言《い》われるが、ジャックが殺《ころ》した人間《にんげん》の命《いのち》の火《ひ》だとも言《い》われてる」

「こ、殺《ころ》した……？」

ぞぞ～っ！

腕《うで》に鳥肌《とりはだ》がたった。

つづいて、虎猫《とらねこ》もしっぽをふりふりしながら、

「俺《おれ》もジャックの噂《うわさ》を聞《き》いたことがあるぞ。世界《せかい》をさまよいながら、獲物《えもの》を探《さが》してるって。毎年《まいとし》ハロウィンになると、その獲物《えもの》を喰《く》らうらしい」

ぞぞぞ～～～！

ハロウィンって、みんなで仮装《かそう》したり、お菓子《かし》を配《くば》ったりもらったりする、楽《たの》しい行事《ぎょうじ》だと思《おも》っていた。

ハロウィンという行事《ぎょうじ》が、なんだか怖《こわ》いものに思《おも》えてきた。

零士君《れいじくん》が神妙《しんみょう》な顔《かお》で、

「ジャックについての噂《うわさ》は多《おお》い。しかし実際《じっさい》には誰《だれ》も会《あ》ったことがない。その存在《そんざい》は謎《なぞ》に包《つつ》まれ、不吉《ふきつ》の象徴《しょうちょう》として言《い》い伝《つた》えられている」

悪魔《あくま》のみんなにこんなふうに言《い》われているなんて。

七不思議《ななふしぎ》以上《いじょう》に不思議《ふしぎ》な感《かん》じがする。

（ジャック・オー・ランタン……何者《なにもの》なんだろう？）

群雲《むらくも》さんが言《い》った。

「ジャック・オー・ランタンを呼《よ》び出《だ》して、本当《ほんとう》に願《ねが》いが叶《かな》えられるのか、わたしはおおいに疑問《ぎもん》をもっている。綺羅様《きらさま》に七不思議《ななふしぎ》を完成《かんせい》させるのをやめるよう何度《なんど》も説得《せっとく》したが、綺羅様《きらさま》は聞《き》く耳《みみ》をもたない。だから――」

群雲《むらくも》さんはまっすぐわたしを見《み》つめて言《い》った。

「白魔女《しろまじょ》リン、君《きみ》に七不思議《ななふしぎ》の完成《かんせい》を阻止《そし》してほしい」

紫《むらさき》の瞳《ひとみ》は真剣《しんけん》だった。

わたしは気《き》になっていることを問《と》いかけた。

「あの……綺羅《きら》さんの叶《かな》えたい願《ねが》いってなんですか？」

「それは……言《い》えない。誰《だれ》かに言《い》えば、願《ねが》いは叶《かな》わない。そういう条件《じょうけん》がつけられている」

白猫《しろねこ》が、青《あお》い瞳《ひとみ》をひらめかせる。

「おまえは黒魔女《くろまじょ》のパートナーだろう？　ならばふつう、彼女《かのじょ》の願《ねが》いが叶《かな》えられるように協力《きょうりょく》するのではないか？　それなのに、なぜその願《ねが》いをおまえが阻《はば》もうとする？」

「……」

群雲《むらくも》さんはうつむき、答《こた》えない。

「おまえの言《い》っていることは、矛盾《むじゅん》している」

群雲《むらくも》さんは押《お》し黙《だま》った。

唇《くちびる》を噛《か》みしめて、苦《くる》しそうだ。

御影君《みかげくん》が怒《いか》りをにじませた声《こえ》で言《い》った。

「気《き》に入《い》らねえな。おまえはあの黒魔女《くろまじょ》と結《むす》ばれてるんだろ？　なのになんで、おまえが守《まも》らないんだ？　俺《おれ》なら、好《す》きな相手《あいて》のことを人《ひと》に頼《たの》んだりしない。まして、結婚《けっこん》している相手《あいて》なら――」

群雲《むらくも》さんはさえぎって言《い》った。

「結婚《けっこん》は、していない」

「……え？」

御影君《みかげくん》たちも驚《おどろ》いて、一瞬言葉《いっしゅんことば》を失《うしな》った。

魔女《まじょ》と悪魔《あくま》は、キスが結婚《けっこん》の契約《けいやく》の証《あかし》となる。

ふたりがキスするところをわたしたちは目撃《もくげき》している。

（キスしたのに……結婚《けっこん》、してない？）

そういえば、綺羅《きら》さんはウエディングドレスになっていない。

（どういうことなんだろう？）

いくら考《かんが》えてもわからなかった。

零士君《れいじくん》が鋭《するど》い口調《くちょう》で問《と》いつめる。

「おまえの目的《もくてき》はなんだ？」

群雲《むらくも》さんはうつむき、黙《だま》りこむ。

虎鉄君《こてつくん》が言《い》った。

「おまえ、黒魔女《くろまじょ》の命《いのち》を喰《く》ってるだろ？」

群雲《むらくも》さんはハッと顔《かお》をあげ、怒《いか》りをにじませた瞳《ひとみ》で虎鉄君《こてつくん》をにらんだ。

「そんなことはしない」

「じゃあ、どうしてあいつはあんなに弱《よわ》ってんだ？」

群雲《むらくも》さんが苦《くる》しそうにうなった。

ガタガタ！　窓《まど》が音《おと》をたてた。

雨《あめ》や風《かぜ》が強《つよ》くなってきた。

群雲《むらくも》さんの体《からだ》から魔力《まりょく》がゆらめいている。

紫《むらさき》の瞳《ひとみ》が大《おお》きくゆれて、その心《こころ》も大《おお》きくゆれている。

「わたしのせいだ……わたしこそが、綺羅様《きらさま》の災《わざわ》い――！」

ガガ――ン！

雷鳴《らいめい》が轟《とどろ》いて、雷光《らいこう》が夜空《よぞら》を走《はし》った。

「きゃ⁉」

わたしは目《め》をつむり、体《からだ》を縮《ちぢ》めた。

猫《ねこ》３匹《びき》がわたしをかばうようにくっついてきた。

「リン！」

「大丈夫《だいじょうぶ》か？」

「う、うん……」

目《め》を開《あ》けると、群雲《むらくも》さんの姿《すがた》がなかった。

窓《まど》が開《あ》いていて、風《かぜ》にカーテンがあおられ、雨《あめ》が部屋《へや》に降《ふ》りこんでいる。

わたしは窓《まど》から外《そと》を見《み》た。

真《ま》っ暗《くら》な空《そら》の下《した》、激《はげ》しく降《ふ》る雨《あめ》の中《なか》、灰色《はいいろ》の猫《ねこ》が走《はし》り去《さ》っていくのが見《み》えた。

わたしは叫《さけ》んだ。

「待《ま》って！　群雲《むらくも》さん……っ！」

でも灰色《はいいろ》の猫《ねこ》は足《あし》を止《と》めなかった。

激《はげ》しい雨《あめ》にたたかれながら、吹《ふ》き荒《あ》れる嵐《あらし》の中《なか》へ消《き》えていった。

第《だい》2話《わ》 ジャック・オー・ランタン

1

お母《かあ》さんはキラキラした金色《きんいろ》のペンで、カレンダーの10月《がつ》31日《にち》に、星《ほし》のマークを書《か》き入《い》れた。

「この日《ひ》はね、ハロウィンっていうの」

5歳《さい》だったわたしは、初《はじ》めて聞《き》く言葉《ことば》に首《くび》をかしげた。

「はろうぃん？」

「ハロウィンはね、わたしたちにとって、とても大切《たいせつ》な日《ひ》なのよ」

「どうして？」

「夜《よる》のお客《きゃく》さんが、たくさん来《き》てくれるから」

「夜《よる》のお客《きゃく》さんって？」

お母《かあ》さんは、お楽《たの》しみ、と言《い》って笑《わら》った。

そしてハロウィンの夕方《ゆうがた》。

日《ひ》が落《お》ちて薄暗《うすぐら》くなると、家《いえ》のチャイムが鳴《な》った。

お母《かあ》さんがドアを開《あ》けると、子供《こども》たちの元気《げんき》な声《こえ》が響《ひび》いた。

「「「トリック・オア・トリート！」」」

お客《きゃく》さんは、仮装《かそう》をした子供《こども》たちだった。

吸血鬼《きゅうけつき》、狼男《おおかみおとこ》、ゾンビ、お姫様《ひめさま》、妖精《ようせい》、そして魔女《まじょ》。

モンスターや物語《ものがたり》のキャラクターなど、いろいろな格好《かっこう》をしている。

お母《かあ》さんはにこにこしながら、お客《きゃく》さんたちにお菓子《かし》をさしだした。

「いらっしゃい、かわいいモンスターたち！　お菓子《かし》をどうぞ」

わあっ！　と歓声《かんせい》があがった。

クッキー、キャンディ、チョコレート、マドレーヌにフィナンシェ。

お菓子《かし》は全部《ぜんぶ》、お母《かあ》さんが作《つく》ったものだ。

わたしは材料《ざいりょう》を混《ま》ぜたり、チョコペンでクッキーに絵《え》を描《か》いたり、できあがったお菓子《かし》を袋《ふくろ》に入《い》れてリボンやシールで封《ふう》をしたりしてお手伝《てつだ》いをした。

「ありがとう!」

「おいしそ〜!」

「かっわいい〜!」

お菓子《かし》を受《う》けとった子供《こども》たちは、みんなすごく喜《よろこ》んで帰《かえ》っていく。

そしてすぐに、次《つぎ》のお客《きゃく》さんがやってきた。

「リンも手伝《てつだ》ってちょうだい」

お母《かあ》さんの背中《せなか》に隠《かく》れていたわたしに、お母《かあ》さんがお菓子《かし》をひとつ、渡《わた》してきた。

コウモリの仮装《かそう》をした子《こ》が目《め》の前《まえ》に立《た》つ。

わたしはドキドキしながら、おそるおそるお菓子《かし》をさしだした。

「ど……どうぞ」

コウモリの子《こ》は、ぱあっと笑顔《えがお》を輝《かがや》かせて、

「ありがとう!」

その笑顔《えがお》につられて、わたしも自然《しぜん》と笑《わら》っていた。

「お母《かあ》さん、トリック・オア・トリートって、なぁに?」

「『お菓子《かし》をくれないと、いたずらするぞ』っていう意味《いみ》よ」

「そっか、だからお菓子《かし》をあげるんだ」

夜《よる》が深《ふか》まり、子供《こども》たちが眠《ねむ》る時間《じかん》になった頃《ころ》。

お母《かあ》さんの胸元《むなもと》がぼうっと光《ひか》った。

星《ほし》の形《かたち》をしたペンダントが、ゆっくり点滅《てんめつ》している。

お母《かあ》さんは暗闇《くらやみ》を見《み》つめて言《い》った。

「リン、新《あたら》しいお客《きゃく》さんよ」

暗闇《くらやみ》の中《なか》を、いくつかの小《ちい》さな光《ひかり》がゆれながら近《ちか》づいてくるのが見《み》えた。

かぼちゃのランタンをもったお客《きゃく》さんたちだ。

その姿《すがた》が見《み》えて、わたしは息《いき》を止《と》めた。

ひとりは、地面《じめん》から足《あし》が離《はな》れ、空中《くうちゅう》に浮《う》かんでいる。

そのとなりには、鋭《するど》い牙《きば》が生《は》えた大《おお》きな口《くち》をした生《い》き物《もの》。

列《れつ》のうしろを、骸骨《がいこつ》がガチャガチャ音《おと》をたてながら歩《ある》いている。

わたしはあわてて、お母《かあ》さんにしがみついた。

「お母《かあ》さん、あのお客《きゃく》さん……浮《う》いてるっ！」

子供《こども》じゃない。

仮装《かそう》じゃない。

（本物《ほんもの》のモンスターだ！）

怖《こわ》くて、悲鳴《ひめい》をあげそうになる。

でもお母《かあ》さんは楽《たの》しそうに笑《わら》いながら言《い》った。

「あらホント、ふわふわ上手《じょうず》に浮《う》いてるわね。風船《ふうせん》みたい」

わたしはきょとんとしながら、お母《かあ》さんを見《み》た。

お母《かあ》さんは笑顔《えがお》で、少《すこ》しも怖《こわ》がっている様子《ようす》がない。

「あっちのお客《きゃく》さんは、お口《くち》がおっきいよ！　歯《は》がとがってる！」

「まあ、立派《りっぱ》なお口《くち》ね。お菓子《かし》、たくさん食《た》べられそうね」

「骨《ほね》がひとりで歩《ある》いてる！」

「ふふっ、楽《たの》しそうね。ダンスを踊《おど》ってるみたい」

わたしはもう一度《いちど》、近《ちか》づいてくるお客《きゃく》さんたちを見《み》た。

たしかに、浮《う》いている子《こ》はまん丸《まる》で風船《ふうせん》みたい。

大《おお》きな口《くち》はすごく立派《りっぱ》だ。

ゆらりゆらりとゆれる骸骨《がいこつ》は楽《たの》しそうに踊《おど》ってる。

「いろいろなお客《きゃく》さんがたくさん来《き》てくれて、楽《たの》しいわね」

お母《かあ》さんが言《い》うと、わたしもそんなふうに思《おも》えてきた。

(お母《かあ》さんの言葉《ことば》って、魔法《まほう》みたい)

怖《こわ》がっていた気持《きも》ちが、きれいに消《き》えてなくなった。

そしてうちの前《まえ》までやってきた大勢《おおぜい》のモンスターたちを、お母《かあ》さんは笑顔《えがお》で迎《むか》えた。

「こんばんは！　はい、お菓子《かし》をどうぞ」

どんなお客《きゃく》さんにも、わけへだてなく、お菓子《かし》を手渡《てわた》していく。

わたしもお母《かあ》さんの真似《まね》をして、お菓子《かし》を配《くば》った。

お菓子《かし》をあげると、モンスターたちも笑《わら》って帰《かえ》っていく。

表情《ひょうじょう》がよくわからないモンスターもいたけど、全身《ぜんしん》の動《うご》きとか、鳴《な》き声《ごえ》とかで、喜《よろこ》んでいるのが伝《つた》わってきた。

「お母《かあ》さん、みんな同《おな》じだね」

人間《にんげん》の子供《こども》たちも、そうでない子《こ》たちも。

宙《ちゅう》に浮《う》かんでいる子《こ》も、口《くち》の大《おお》きな子《こ》も、踊《おど》る骸骨《がいこつ》も。

「みんな、お菓子《かし》、喜《よろこ》んでるね。うれしいね」

お母《かあ》さんがすごくうれしそうに笑《わら》ってうなずく。

わたしはもっとうれしくなった。

「あ、お客《きゃく》さん、また来《き》たよ」

いくつかの小《ちい》さな光《ひかり》がゆらゆらゆれながら、うちに向《む》かってくるのが見《み》えた。

夜《よる》のお客《きゃく》さんたちは、まだ来《く》るみたい。

（お菓子《かし》、いっぱいあげなきゃ）

わたしははりきってお菓子《かし》をとろうとふり向《む》いて、ハッとした。

たくさん用意《ようい》していたお菓子《かし》が、もう残《のこ》り少《すく》なくなっていた。

「お母《かあ》さん、大変《たいへん》！　お菓子《かし》が、あと少《すこ》ししかないよっ」

「あら、ホント。思《おも》っていたより、お客《きゃく》さんが多《おお》かったわね。ちょっと足《た》りなくなりそうね」

光《ひかり》は、まっすぐこちらへ向《む》かってきている。

その数《かず》は、ざっと見《み》ても10を超《こ》えていて、さっきよりも増《ふ》えていた。

お母《かあ》さんのペンダントがチカチカと光《ひか》りつづけている。

「どうしよう……お菓子《かし》をもらえなかった子《こ》は、どうするのかな？」

トリック・オア・トリート……お菓子《かし》をくれないと、いたずらするぞ！

もし、お菓子《かし》が足《た》りなくなっちゃったら——。

「いたずら、されちゃうの？」

本物《ほんもの》のモンスターはどんないたずらをするんだろう。

急《きゅう》に不安《ふあん》になってきた。

すると、お母《かあ》さんはにっこり微笑《ほほえ》みながら言《い》った。

「大丈夫《だいじょうぶ》よ、リン。もし、お菓子《かし》がなくなっちゃったら……——」

2

今年《ことし》のハロウィンは金曜日《きんようび》。

5時間目《じかんめ》の授業《じゅぎょう》が終《お》わると、御影君《みかげくん》たちと一緒《いっしょ》に急《いそ》いで時計塔《とけいとう》へ向《む》かった。

部室《ぶしつ》では、蘭《らん》ちゃんがスケッチブックを抱《かか》えて待《ま》っていた。

「リン、仮装《かそう》のデザイン画《が》よ」

「ありがと、蘭《らん》ちゃん！」

スケッチブックを受《う》けとると、零士君《れいじくん》が手《て》をさしだしてきて、

「では、着替《きが》えを」

「うん」

零士君《れいじくん》と手《て》を重《かさ》ねて、一緒《いっしょ》に魔法《まほう》の呪文《じゅもん》を唱《とな》えた。

「『ロゼッタローブ！』」

スタージュエルが輝《かがや》いて、わたしたちは魔法《まほう》の光《ひかり》に包《つつ》まれる。

デザイン画《が》を服《ふく》にする魔法《まほう》。

光《ひかり》が消《き》えて、最初《さいしょ》に目《め》に入《はい》ってきたのは、空中《くうちゅう》に浮《う》かぶ蘭《らん》ちゃんだった。

スズランの花《はな》みたいにふんわりふくらんだワンピースに、すきとおった羽《はね》が背中《せなか》でゆれている。

花《はな》の飾《かざ》りを、髪《かみ》や手足《てあし》につけていてとってもかわいい。

「蘭《らん》ちゃんは妖精《ようせい》だね！　かっわいい〜！」

「『フラワーフェアリー』よ。幽霊《ゆうれい》も妖精《ようせい》も、宙《ちゅう》に浮《う》かべるから、ぴったりかなって」

蘭《らん》ちゃんが空中《くうちゅう》で上下《じょうげ》すると、羽《はね》がひらひらと動《うご》く。

本物《ほんもの》の妖精《ようせい》が飛《と》んでるみたい。

「悪魔《あくま》たちの衣装《いしょう》も、力作《りきさく》よ」

蘭《らん》ちゃんの指《ゆび》さす方《ほう》を見《み》ると、そこにはいつもとはちがう御影君《みかげくん》たちがいた。

「黒《くろ》ニャンコは、『ヴァンパイアナイト』」

ふつう吸血鬼《きゅうけつき》といえば、悪魔《あくま》と同《おな》じ黒《くろ》ってイメージだけど、蘭《らん》ちゃんがデザインした服《ふく》は炎《ほのお》のようにあざやかな真紅《しんく》だった。

ブーツを履《は》いて、西洋《せいよう》の剣《けん》を腰《こし》にたずさえて、炎《ほのお》の騎士《きし》って感《かん》じだ。

うわあっ、うわあぁぁ……！

かっこよすぎて、怖《こわ》い。

「虎《とら》ニャンコは、『アラビアンゴースト』で」

虎鉄君《こてつくん》は頭《あたま》にターバンを巻《ま》いて、ブレスレットや指輪《ゆびわ》やイヤリングなど金《きん》のアクサリーをたくさんつけて、まるでアラビアンナイトに出《で》てくる王様《おうさま》のような衣装《いしょう》だ。

ゴーストのメイクをしていて、顔色《かおいろ》は青白《あおじろ》く、目《め》のまわりに黒《くろ》のアイラインを入《い》れて不《ぶ》気味《きみ》な感《かん》じになっている。

でもそのせいか、凛々《りり》しい金色《きんいろ》の瞳《ひとみ》がいつもより輝《かがや》いて見《み》える。

衣装《いしょう》も、虎鉄君《こてつくん》のかっこよさも、まぶしすぎるよ。

「白《しろ》ニャンコは、『ミイラドクター』よ」

お医者《いしゃ》さんの白衣《はくい》を羽織《はお》って、聴診器《ちょうしんき》を首《くび》にかけている零士君《れいじくん》。

頭《あたま》や胸元《むなもと》、腕《うで》に包帯《ほうたい》がぐるぐる巻《ま》かれてミイラになっている。

零士君《れいじくん》がミイラ、ってすごく意外《いがい》って思《おも》ったけど。

包帯《ほうたい》の隙間《すきま》からのぞくきれいな青《あお》い瞳《ひとみ》……白《しろ》い首《くび》……細《ほそ》くスラリとした指《ゆび》……妙《みょう》に色《いろ》っぽくて、すっごいドキドキする。

(みんな、かぁっこいい……!!)

さすが蘭《らん》ちゃん。

衣装《いしょう》がステキなのはもちろんだけど、3人《にん》それぞれが、一番《いちばん》かっこよくなるモンスターを選《えら》んでいるのがすごい。

ドキドキしながら3人《にん》を見《み》ていると、御影君《みかげくん》たちも同《おな》じような感《かん》じでわたしを見《み》ていた。

みんなの視線《しせん》が熱《あつ》い。

「そしてリンは、『小悪魔《こあくま》ニャンコ』よ」

わたしは窓《まど》ガラスに映《うつ》る自分《じぶん》の姿《すがた》を見《み》た。

悪魔《あくま》の御影君《みかげくん》たちがいつも着《き》ている黒衣《こくい》、その女《おんな》の子《こ》バージョン。

小悪魔《こあくま》な女《おんな》の子《こ》、って感《かん》じの黒《くろ》の衣装《いしょう》だ。

それに猫耳《ねこみみ》のカチューシャと、手首《てくび》と足首《あしくび》にふわふわファーがついている。

悪魔《あくま》でニャンコな女《おんな》の子《こ》の仮装《かそう》だった。

ヴァンパイアナイトが、じいっとわたしを見《み》つめて、

「その衣装《いしょう》……リンがリクエストしたんだよな？」

「あ、うん」

ミイラドクターがあごに手《て》をあて、わたしの全身《ぜんしん》を観察《かんさつ》するように見《み》ながら、

「なぜその衣装《いしょう》を？　理由《りゆう》は？」

「えっとね、好《す》きなものの仮装《かそう》をしようって思《おも》って」

アラビアンゴーストが、ほほうとつぶやいて、

「リンの好《す》きなものは、猫《ねこ》と悪魔《あくま》、ってことか？」

「うん」

突然《とつぜん》、御影君《みかげくん》が突進《とっしん》してきて、がばっと抱《だ》きついてきた。

「俺《おれ》も好《す》きだ────っ!!」

はう!?

息《いき》が止《と》まりそうになる。

虎鉄君《こてつくん》が御影君《みかげくん》の首根《くびね》っこをつかみ、わたしから引《ひ》きはがした。

「いきなり襲《おそ》いかかってんじゃねーぞ、ヴァンパイア！」

「しょうがねえだろ！　リンがかわいすぎて、抱《だ》きつかずにいられるか！」

虎鉄君《こてつくん》がじっとわたしを見《み》つめてきた。

「……まぁ、たしかに。このかわいさは襲《おそ》いたくなるな」

抱《だ》き寄《よ》せられて、額《ひたい》にキスをされた。

ひゃう!?

ひゅるるる〜……冷気《れいき》がヴァンパイアとゴーストに吹《ふ》きつける。

零士君《れいじくん》が冷《つめ》たい目《め》でふたりをにらんで、

「おまえたち、いい加減《かげん》にしろ。いくらリンがかわいすぎるからといって、襲《おそ》っていい理《り》由《ゆう》にはならないぞ。婚約者《こんやくしゃ》ならば、理性《りせい》を保《たも》て」

御影君《みかげくん》と虎鉄君《こてつくん》が、ハンッと吐《は》き捨《す》てるように言《い》って、

「冷静《れいせい》ぶりやがって。小悪魔《こあくま》ニャンコだぞ!?　俺《おれ》に言《い》わせれば、抱《だ》きつかずにいられる方《ほう》がおかしい！」

「おまえだって、ハグとかキスとかしたいと思《おも》ってんじゃねぇのか？　本当《ほんとう》のこと言《い》ってみろよ。あぁ？」

青《あお》い瞳《ひとみ》がこちらを向《む》いた。

ドキッ！

零士君《れいじくん》がわたしを見《み》つめ、ぎゅううっと抱《だ》きしめてつぶやく。

「……ひとり占《じ》めしたい」

ひえぇ……！

ヴァンパイアとゴーストがくわっと牙《きば》をむいて、

「てめえ、調子《ちょうし》にのってんじゃねぇぞ！」

「そんなこと思《おも》ってやがったのか⁉　このミイラ、油断《ゆだん》ならねぇな！」

「本当《ほんとう》のことを言《い》えと言《い》われたから、思《おも》ったことを言《い》っただけだ！」

3人《にん》のモンスターが、ガルルル……と、にらみ合《あ》う。

蘭《らん》ちゃんがパンパンと手《て》をたたいて、

「はい、あなたたち、そこまでよ。リンをとり合《あ》うのは、あとにしてちょうだい。日《ひ》が暮《く》れちゃう前《まえ》に、ハロウィンの準備《じゅんび》しましょ！」

ハロウィンナイトのメイン会場《かいじょう》は、学園《がくえん》の中央広場《ちゅうおうひろば》。

そこは、すでにハロウィンの雰囲気《ふんいき》でいっぱいだった。

会場《かいじょう》の入《い》り口《ぐち》となる門《もん》に、美術部《びじゅつぶ》の人《ひと》たちがかぼちゃやコウモリなどの装飾《そうしょく》をしている。

ダンス部《ぶ》は、おそろいの黒《くろ》とオレンジの衣装《いしょう》を着《き》て、モンスターのような動《うご》きのダンスのリハーサル。

他《ほか》にも、モンスターを倒《たお》せ！　という射的《しゃてき》コーナーがあったり、店員《てんいん》さんがモンスターの格好《かっこう》をした仮装《かそう》カフェがあったり。

「うわぁ……ハロウィンだねぇ！」

わたしの横《よこ》で、幽霊《ゆうれい》の蘭《らん》ちゃんが笑《わら》いながら答《こた》える。

「ハロウィンだもの」

蘭《らん》ちゃんは時計塔《とけいとう》を出《で》るとき、いつも人形《にんぎょう》にとり憑《つ》いているけど、今日《きょう》はそのままの姿《すがた》だ。

ふつうの人《ひと》には幽霊《ゆうれい》は見《み》えないし、たくさん人《ひと》がいるので、話《はな》し声《ごえ》も目立《めだ》たない。

堂々《どうどう》と、のびのびと浮遊《ふゆう》している。

星占《ほしうらな》い部《ぶ》のブースは、広場《ひろば》のすみにした。

ここならピアノルームのある新校舎《しんこうしゃ》が見《み》えるし、七不思議《ななふしぎ》が起《お》こったら、混雑《こんざつ》をさけてすぐに駆《か》けつけられる。

広場《ひろば》に机《つくえ》を置《お》いて準備《じゅんび》してると、広場《ひろば》のあちこちに、かぼちゃをくりぬいて作《つく》られたランタンがたくさん飾《かざ》られているのが目《め》に入《はい》った。

くりぬかれたかぼちゃは顔《かお》になっていて、にっこり笑顔《えがお》が多《おお》い。中《なか》には、ちょっとゆがんでおかしな顔《かお》をしているかぼちゃ、泣《な》き顔《がお》のかぼちゃ、怒《おこ》り顔《がお》のかぼちゃなんかもある。

表情《ひょうじょう》がいろいろでおもしろい。

「零士君《れいじくん》、あれが園芸部《えんげいぶ》で作《つく》ったジャック・オー・ランタン？」

「ああ」

「いっぱい作《つく》ったね。表情《ひょうじょう》もいろいろあって、おもしろい」

「君《きみ》が楽《たの》しめればと思《おも》い、さまざまな表情《ひょうじょう》にしてみた」

「え？」

零士君《れいじくん》を見《み》ると、包帯《ほうたい》の隙間《すきま》から出《で》ている頬《ほお》がほんのり赤《あか》くなっている。

おくれてわたしもカ〜ッと赤《あか》くなり、手《て》にもっていた星占《ほしうらな》いカードを、思《おも》わず落《お》としてしまった。

（ふ、ふい打《う》ちすぎる……！）

御影君《みかげくん》のいきなり告白《こくはく》も破壊力《はかいりょく》があるけど、こういう零士君《れいじくん》のさりげない愛情表現《あいじょうひょうげん》にもドキドキする。

机《つくえ》の上《うえ》にばらけたカードを集《あつ》めながら、零士君《れいじくん》が小声《こごえ》で言《い》った。

「日《ひ》が暮《く》れたら、ランタンにろうそくの明《あ》かりを入《い》れることになっている。それも楽《たの》しんでもらえると思《おも》う」

「う、うん、楽《たの》しみだよ」

そのとき、女《おんな》の子《こ》たちが絶叫《ぜっきょう》した。

「ぎゃー！　御影君《みかげくん》が吸血鬼《きゅうけつき》──っ!!」

「アラビアンナイトな虎鉄君《こてつくん》……最高《さいこう》！」

「零士君《れいじくん》がミイラ〜〜！　白衣《はくい》のミイラ〜〜〜!!」

予想《よそう》はしていたけど、やっぱり御影君《みかげくん》たち3人《にん》はみんなの注目《ちゅうもく》の的《まと》だった。

カシャカシャカシャ！

背後《はいご》からカメラのシャッターの連写音《れんしゃおん》が聞《き》こえた。

「いいよ、いいよ〜！　さすがイケメンベスト3！　仮装《かそう》も超《ちょう》イケてる‼」

かずみちゃんの声《こえ》だ。

わたしは声《こえ》をかけようとふり向《む》いて、ぎょっとした。

カメラをもったかずみちゃんは、童話《どうわ》のプリンセスのような格好《かっこう》をしていた。

裾《すそ》が長《なが》くふんわりふくらんだドレスを着《き》て、ティアラをつけて、髪《かみ》がくるくる巻《ま》かれている。

けど、その口《くち》からは、赤《あか》い血《ち》がだら〜っと流《なが》れていた。

メイクだということはわかったけど、一瞬《いっしゅん》、ビクッとしてしまった。

「か、かずみちゃん、その格好《かっこう》は……？」

「『ゾンビシンデレラ』だよ！　かぼちゃの馬車《ばしゃ》で舞踏会《ぶとうかい》に行《い》く途中《とちゅう》、ゾンビの群《む》れに襲《おそ》われて、命《いのち》を落《お》としちゃったの。でも死《し》んでも死《し》に切《き》れず、王子様《おうじさま》と結婚《けっこん》することをあきらめられなくて、ゾンビになって夜《よ》な夜《よ》なさまよってるって設定《せってい》」

すごい、そんな細《こま》かい設定《せってい》まで考《かんが》えてるんだ。

かずみちゃんは握《にぎ》りこぶしで、力強《ちからづよ》く宣言《せんげん》する。

「彼氏《かれし》ができるまでは――ううん、白馬《はくば》の王子様《おうじさま》に会《あ》うまでは、死《し》ねないから！　ゾンビシンデレラはあきらめないのだ！　イケメン写真《しゃしん》も撮《と》るのだ～！」

前向《まえむ》きで元気《げんき》のいいゾンビに、思《おも》わずくすりと笑《わら》ってしまった。

ゾンビになっても、かずみちゃんはかずみちゃんだね。

かずみちゃんはひとしきり写真《しゃしん》を撮《と》ると、

「写真《しゃしん》ありがと！　じゃ、あたしはこれから、あたしの王子様《おうじさま》を探《さが》してくるから！　まったね～！」

ドレスの長《なが》いスカートをぐっともちあげて、軽《かろ》やかに走《はし》っていった。

それと入《い》れ替《か》わるように、メイドの集団《しゅうだん》がやってきた。

料理部《りょうりぶ》の鍋島《なべしま》さんと部員《ぶいん》の皆《みな》さんたちだ。

「御影君《みかげくん》、リンちゃん、ハロウィンスイーツ、おまたせしました～！」

「「「おまたせしました！」」」

メイドになりきって、そろってお辞儀《じぎ》をする。

おそろいのメイド服《ふく》を着《き》て、髪型《かみがた》やアクセサリーまでおそろいにして、すごくかわいい。

「すみません、ありがとうございます！」

料理部《りょうりぶ》と御影君《みかげくん》とわたしで作《つく》った大量《たいりょう》のお菓子《かし》を、みんなで運《はこ》んできてくれた。

お菓子《かし》は、クッキーとキャンディの2種類《しゅるい》にしぼった。

クッキーは星《ほし》と猫《ねこ》の形《かたち》をしていて、色《いろ》とりどりのアイシングで、猫《ねこ》に顔《かお》を描《えが》いたり、星《ほし》に模様《もよう》を入《い》れたりした。

キャンディにもいろんな色《いろ》をつけて、包《つつ》み紙《がみ》にもこだわって、味《あじ》も見《み》た目《め》もポップな感《かん》じにできあがっている。

みんな、喜《よろこ》んでくれるといいな。

御影君《みかげくん》は、料理部《りょうりぶ》の人《ひと》たちにねぎらいの言葉《ことば》をかけた。

「おまえたち、礼《れい》を言《い》う。よくがんばってくれた」

料理部《りょうりぶ》の皆《みな》さんがうれしそうに声《こえ》をハモらせた。

「「「どういたしまして！」」」

料理部《りょうりぶ》の人《ひと》たちも一緒《いっしょ》にお菓子《かし》配《くば》りをするので、御影君《みかげくん》が星占《ほしうらな》いカードについて説明《せつめい》をはじめた。

わたしはブースの裏《うら》へ行《い》き、自分《じぶん》のバッグから、ひと包《つつ》みのクッキーをとりだした。

蘭《らん》ちゃんがそれを見《み》て、

「リン、それは？」

「綺羅《きら》さん用《よう》のクッキーだよ」

前《まえ》に誕生日《たんじょうび》プレゼントで猫《ねこ》の形《かたち》をしたクッキーを、綺羅《きら》さんにあげたことがある。

今回《こんかい》も猫《ねこ》の形《かたち》のクッキーだけど、群雲《むらくも》さんに似《に》せてアイシングした。

灰色《はいいろ》がむずかしかったけど、なかなか上手《じょうず》にできた。

「猫《ねこ》の形《かたち》をしたクッキーを誕生日《たんじょうび》にあげたら、受《う》けとってもらえたみたいだから。だから、またもらってくれたらなぁって……」

クッキーをプレゼントしただけで、綺羅《きら》さんの心《こころ》が動《うご》くとは思《おも》えないけど。

でも、きっかけにはなるかもしれない。

「リンは、黒魔女《くろまじょ》と仲良《なかよ》くしたいの？」

「そうなりたいな、って思《おも》ってるよ。できたら、綺羅《きら》さんと友達《ともだち》になれたらって」

蘭《らん》ちゃんはぼそっとつぶやいた。

「……——友達《ともだち》」

そのとき、蘭《らん》ちゃんの体《からだ》から、うすい黒《くろ》のもやもやしたものが出《で》てきた。

「蘭《らん》ちゃん……？」

蘭《らん》ちゃんはハッとして、両手《りょうて》をバタバタさせた。

「やだ！　なるな！　グールになるなー！」

もやを散《ち》らそうとするけど、なかなか消《き》えない。

蘭《らん》ちゃんのまわりにたちこめる黒《くろ》いもや。

これは、悪意《あくい》だ。

「蘭《らん》ちゃん、怒《おこ》ってる？　綺羅《きら》さんと友達《ともだち》になりたいって言《い》ったのが、嫌《いや》だった？」

蘭《らん》ちゃんは首《くび》をぶんぶん横《よこ》にふって、

「ちがう、そうじゃないの！　ただ……ちょっと……！」

「蘭《らん》ちゃん、教《おし》えて？　わたし、蘭《らん》ちゃんの気持《きも》ち、ちゃんと知《し》りたい」

蘭《らん》ちゃんは唇《くちびる》を噛《か》むようにして、少《すこ》し迷《まよ》っていた。

やがて息《いき》をつき、ぽつりぽつりと話《はな》しだした。

「わたしは……リンみたいに思《おも》えない。黒魔女《くろまじょ》のこと、許《ゆる》す気《き》になれない。だって……リンにひどいことばかりするし、あの人《ひと》の呪《のろ》いで、わたしの悪意《あくい》はグールになりやすくなったし」

蘭《らん》ちゃんには魔法《まほう》がかけられている。

わずかな不安《ふあん》やいらだちを、強《つよ》い悪意《あくい》へと変化《へんか》させるという呪《のろ》いだ。

「あの人《ひと》にも願《ねが》いごとがあって、あの人《ひと》なりに理由《りゆう》があるのかもしれないけど。でも、どんな理由《りゆう》があっても、悪《わる》いことは悪《わる》いでしょ？」

蘭《らん》ちゃんの言《い》うこともわかる。

綺羅《きら》さんの黒魔法《くろまほう》で傷《きず》つけられた人《ひと》もいるだろう。

でも――。

「悪意《あくい》って、本当《ほんとう》に悪《わる》いものなのかな？」

「え？」

「グールに襲《おそ》われるのは怖《こわ》いし、悪意《あくい》を向《む》けられるのは嫌《いや》だけど……でも、いままでいろいろなグールを見《み》てきて思《おも》ったんだ。悩《なや》みとか、不安《ふあん》とか、悲《かな》しみとか……そういう気持《きも》ちが積《つ》み重《かさ》なって、ふくらんで悪意《あくい》になることもあるって」

いろんなグールを見《み》て、直接《ちょくせつ》その叫《さけ》びを聞《き》いて気《き》づいた。

「綺羅《きら》さんも、何《なに》か悩《なや》んでるかもしれない……すごく苦《くる》しんでるかもしれない……そんな気《き》がして――」

蘭《らん》ちゃんはじっとわたしを見《み》つめながら、話《はなし》を聞《き》いている。

やがて、蘭《らん》ちゃんから出《で》ていた悪意《あくい》が、すうっと薄《うす》くなった。

「……リンらしいわね」

「え？」

蘭《らん》ちゃんは、ちょっぴりばつが悪《わる》そうに目《め》をそらして、

「よく考《かん》えたら、わたしも最初《さいしょ》、悪意《あくい》でいっぱいだったわ。うらやんで、うらめしいって……リンを傷《きず》つけようとした」

わたしは笑《わら》った。

「そういえば、そうだったね。すっかり忘《わす》れてたよ」

そんなこともあったねって、笑《わら》って言《い》える。

いまは一番《いちばん》の友達《ともだち》だから。

「あのとき、リンが『友達《ともだち》になれるかどうか、チャレンジしようよ』って言《い》ってくれたから……わたしたち、友達《ともだち》になれた」

蘭《らん》ちゃんは、わたしの手《て》にそっと手《て》を重《かさ》ねた。

肉体《にくたい》のない幽霊《ゆうれい》と生《い》きている人《ひと》は、ふれ合《あ》うことができない。

でもこうしてると、心《こころ》がふれ合《あ》えるような気《き》がする。

「黒魔女《くろまじょ》——ううん、綺羅会長《きらかいちょう》とも友達《ともだち》になれるわよ。だってリンは、幽霊《ゆうれい》のわたしと友《とも》達《だち》になれたんだから」

「蘭《らん》ちゃん……ありがと。蘭《らん》ちゃんと友達《ともだち》になれて、ホントよかった」

「なに、急《きゅう》に」

「わたしね、綺羅《きら》さんと友達《ともだち》になりたいって思《おも》ってるけど、難《むずか》しいかもって思《おも》う気持《きも》ちもあって……でも、蘭《らん》ちゃんのおかげで自信《じしん》がもてたよ」

悪意《あくい》をもっていた相手《あいて》と友達《ともだち》になれた。

蘭《らん》ちゃん本人《ほんにん》にそう励《はげ》まされて、強《つよ》い自信《じしん》が生《う》まれた。

「わたしも、リンと友達《ともだち》になれてよかった」

蘭《らん》ちゃんのまわりから黒《くろ》いもやが完全《かんぜん》に消《き》えた。

「がんばって、リン！　応援《おうえん》してるから」

「うん！」

友達《ともだち》の応援《おうえん》ってすごくパワーになる。

そう思《おも》いながら、わたしはうなずいた。

3

夕日《ゆうひ》が西《にし》の空《そら》に沈《しず》みだし、あたりに闇《やみ》が漂《ただよ》いはじめた。

ハロウィンの飾《かざ》りつけをした門《もん》がライトアップされ、かぼちゃのランタンに明《あ》かりが灯《とも》されていく。

いつもの学園《がくえん》とはちがう風景《ふうけい》に、わたしは驚《おどろ》きの声《こえ》をあげた。

「わあっ……ジャック・オー・ランタンだらけだ！」

会場《かいじょう》には、無数《むすう》のジャック・オー・ランタンが笑《わら》っていた。

かぼちゃ頭《あたま》に、愛嬌《あいきょう》のある目《め》や鼻《はな》、凹凸《でこぼこ》の歯《は》が並《なら》ぶ口《くち》がある。

ランタンだけじゃなく、絵《え》だったり、オブジェだったり、仮装《かそう》だったり、アクセサリーだったり、いろいろなジャック・オー・ランタンがそこかしこにある。

いっぱいいすぎて、数《かぞ》え切《き》れない。

この学園《がくえん》だけじゃない。

きっと今日《きょう》は、世界中《せかいじゅう》にジャック・オー・ランタンがいる。

太陽《たいよう》が地平線《ちへいせん》の向《む》こうへ消《き》えたとき、学内放送《がくないほうそう》が流《なが》れた。

「合言葉《あいことば》は、トリック・オア・トリート！　『鳴星学園《めいせいがくえん》ハロウィンナイト』、はじまりま〜す！」

それを合図《あいず》に、いろんな仮装《かそう》をした人《ひと》たちが、学園内《がくえんない》を歩《ある》きだした。

星占《ほしうらな》い部《ぶ》と料理部《りょうりぶ》、みんなでお菓子《かし》と星占《ほしうらな》いカードを配《くば》っていると、あっという間《ま》に人《ひと》だかりができた。

御影君《みかげくん》、虎鉄君《こてつくん》、零士君《れいじくん》の前《まえ》に、女《おんな》の子《こ》たちが長《なが》い行列《ぎょうれつ》を作《つく》る。

予想《よそう》はしてたけど、すごい人気《にんき》！

わたしはうさぎのかぶりものをしたふたりの女《おんな》の子《こ》に話《はな》しかけた。

「星座《せいざ》は何座《なにざ》ですか？」

「え？　かに座《ざ》ですけど」

「わたしは魚座《うおざ》」

わたしはお菓子《かし》と星占《ほしうらな》いカードを渡《わた》しながら、祈《いの》りをこめる。

「お菓子《かし》と、星占《ほしうらな》いのカードです。星《ほし》の加護《かご》がありますように」

受《う》けとった子《こ》たちは、さっそくカードを見《み》て、

「わあ、かに座《ざ》のカードだ！　『遠《とお》くよりも近《ちか》くにラッキーが転《ころ》がっていそう。身近《みぢか》なと

ころに目《め》を向《む》けて』だって」

「魚座《うおざ》は『何事《なにごと》もチャレンジしよう。失敗《しっぱい》しても大丈夫《だいじょうぶ》、必《かなら》ず後《あと》で役《やく》に立《た》つわ』。へえ、なんかやっちゃおうかな」

メッセージを見《み》せ合《あ》って、盛《も》り上《あ》がっている。

カードには、ちょっとした一言《ひとこと》が書《か》いてある。

星占《ほしうらな》い師《し》のセレナさんにアドバイスをもらいながら、元気《げんき》に、前向《まえむ》きになれるような言葉《ことば》を考《かんが》えた。

星占《ほしうらな》いカードとお菓子《かし》を受《う》けとった人《ひと》たちは、みんなうれしそうに笑《わら》っている。

喜《よろこ》ぶみんなの姿《すがた》に、心《こころ》がほんわか温《あたた》かくなる。

（みんな、いい笑顔《えがお》）

そのとき、わたしの胸元《むなもと》でスタージュエルが、ぼんやりと光《ひかり》をおびた。

仮装《かそう》するみんなに混《ま》じって、黒《くろ》い毛《け》むくじゃらの子《こ》が近《ちか》づいてきた。

見《み》た目《め》は、黒《くろ》いお猿《さる》さんって感《かん》じだ。

「ト、トト、トリック、オー……トリート」

声《こえ》はたどたどしく、小《ちい》さくて聞《き》きとりにくい。

わたしはカゴからお菓子《かし》をひとつとって、さしだした。

「はい、どうぞ」

黒《くろ》いお猿《さる》さんはお菓子《かし》を受《う》けとると、キャッキャと声《こえ》をあげながら、去《さ》っていった。

「いまの子《こ》って、仮装《かそう》じゃなくて、本物《ほんもの》だよね？」

そばにいた御影君《みかげくん》に聞《き》くと、御影君《みかげくん》はうなずいて、

「ああ。あれは、魔界《まかい》に棲《す》んでいる小物《こもの》の魔獣《まじゅう》だ」

「やっぱり」

ほう、と零士君《れいじくん》が感心《かんしん》したように言《い》って、

「本物《ほんもの》の魔獣《まじゅう》だとわかっていて、お菓子《かし》を渡《わた》したのか？」

「うん。昔《むかし》、お母《かあ》さんとハロウィンしたときにも、本物《ほんもの》のモンスターが来《き》たよ」

蘭《らん》ちゃんが、おそるおそる聞《き》いてきた。

「本物《ほんもの》のモンスターって……リン、怖《こわ》くないの？」

「怖《こわ》くないよ。だって、悪魔《あくま》の婚約者《こんやくしゃ》がいて、幽霊《ゆうれい》のお友達《ともだち》だっているし」

わたしが笑《わら》うと、蘭《らん》ちゃんも笑《わら》って、

「それもそうね」

虎鉄君《こてつくん》もふっと笑《わら》って、

「あれは魔界《まかい》からやって来《き》た魔物《まもの》だ。魔物《まもの》っつってもおとなしい奴《やつ》で、たまにじゃれつい てくるくらいで害《がい》はない。ハロウィンには、あれくらいの小《ちい》さな魔物《まもの》が人間界《にんげんかい》へ遊《あそ》びに来《く》るんだ」

「どうしてハロウィンの日《ひ》に来《く》るの？」

零士君《れいじくん》が教《おし》えてくれた。

「ふだん、人間界《にんげんかい》と魔界《まかい》は完全《かんぜん》に遮断《しゃだん》されていて、交《まじ》わることはあまりない。境界《きょうかい》を越《こ》えられるのは、強《つよ》い魔力《まりょく》をもったもののみ。しかし、なぜかハロウィンの夜《よる》は、あちこちに魔界《まかい》との通路《つうろ》が開《ひら》くんだ」

「魔界《まかい》との通路《つうろ》……？」

「たとえば、あそこ」

零士君《れいじくん》が茂《しげ》みを指《ゆび》さした。

茂《しげ》みの下《した》に濃《こ》い闇《やみ》があって、そこから小《ちい》さな黒《くろ》い小動物《しょうどうぶつ》が出《で》てくるのが見《み》えた。

「そこかしこにある暗闇《くらやみ》が、魔界《まかい》の闇《やみ》とつながって、通過《つうか》できるようになる。隙間《すきま》を通《とお》れるくらいの小《ちい》さな魔物《まもの》が人間界《にんげんかい》へ来《き》て、遊《あそ》ぶ」

「へえ！　そうなんだ」

だから、ハロウィンにモンスターが来《く》るんだ。

初《はじ》めて知《し》ったよ。

闇《やみ》をしげしげと見《み》ていたとき、背後《はいご》から声《こえ》をかけられた。

「トリック・オア・トリート……白魔女《しろまじょ》リンちゃん」

ふり向《む》くと、黒《くろ》い服《ふく》に黒《くろ》いフードをかぶった男《おとこ》の子《こ》が立《た》っていた。

その体《からだ》を包《つつ》んでいるのは悪魔《あくま》の黒衣《こくい》。

男《おとこ》の子《こ》はフードをとって、おどけた口調《くちょう》で、

「お菓子《かし》くれないと、切断《せつだん》しちゃうぞ〜！」

「刹那君《せつなくん》！」

悪魔《あくま》の姿《すがた》をした刹那君《せつなくん》が、笑顔《えがお》で立《た》っていた。

「刹那君《せつなくん》、久《ひさ》しぶり！　元気《げんき》？」

「元気元気《げんきげんき》！　リンちゃん、その仮装《かそう》は悪魔《あくま》？　猫《ねこ》？」

わたしの小悪魔《こあくま》ニャンコの仮装《かそう》を見《み》て、

「両方《りょうほう》だよ。蘭《らん》ちゃんがデザインしてくれた『小悪魔《こあくま》ニャンコ』だよ」

と、抱《だ》きついてこようとする。

すかさず御影君《みかげくん》が間《あいだ》に入《はい》ってきて、刹那君《せつなくん》をにらんだ。

「俺《おれ》の前《まえ》でリンを口説《くど》くとは……おまえ、いい度胸《どきょう》してんな。燃《も》やされてーか？」

刹那君《せつなくん》は眉《まゆ》をひそめて、

「かわいいと思《おも》ったから、褒《ほ》めただけだろ。褒《ほ》めちゃダメなのか？」

「ダメだ。リンをかわいいかわいいと言《い》っているうちに好《す》きだという気持《きも》ちが燃《も》えあがり、リンと結婚《けっこん》したい！　と思《おも》う可能性《かのうせい》がある」

「あんたじゃあるまいし。も〜、あいかわらず心狭《こころせま》いね」

刹那君《せつなくん》はあきれ顔《がお》をして、今度《こんど》は虎鉄君《こてつくん》にじゃれついた。

「虎鉄《こてつ》さ〜ん！　お久《ひさ》しぶりです♪」

「おう、刹那《せつな》。やっぱ来《き》たか」

虎鉄君《こてつくん》は刹那君《せつなくん》の頭《あたま》をわしゃわしゃとやる。

刹那君《せつなくん》はうれしそうに笑《わら》って、

「はい！　今日《きょう》はハロウィンですから！　お菓子《かし》いっぱいもらわないと♪」

悪魔《あくま》もお菓子《かし》がほしいんだね。

わたしはくすりと笑《わら》いながら、猫《ねこ》のクッキーをさしだした。

「刹那君《せつなくん》、どーぞ」

「やった、ありがと！　いただきま〜す！」

刹那君《せつなくん》はその場《ば》で包装《ほうそう》をとって、クッキーをぱくっと食《た》べた。

「おいしい〜♡　ハロウィン最高《さいこう》！」

喜《よろこ》んでもらえてわたしもうれしい。

幸《しあわ》せ気分《きぶん》で笑《わら》い合《あ》っていたときだった。

わあっ！　と声《こえ》があがった。

「生徒会長《せいとかいちょう》だ！」

声《こえ》がする方《ほう》を見《み》て、わたしの心臓《しんぞう》がドクン！　と大《おお》きく音《おと》をたてた。

人混《ひとご》みの向《む》こう、離《はな》れた場所《ばしょ》を歩《ある》いていく綺羅《きら》さんが見《み》えた。

「綺羅《きら》さん……黒魔女《くろまじょ》の服着《ふくき》てる！」

黒《くろ》いワンピースに黒《くろ》いローブを羽織《はお》り、大《おお》きな黒《くろ》い三角帽子《さんかくぼうし》をかぶっている。

「生徒会長《せいとかいちょう》、かわいい〜！」

「魔女《まじょ》、すっごい似合《にあ》ってる！」

「かっこいいじゃん！」

生徒《せいと》のみんなが、綺羅《きら》さんの仮装《かそう》を口々《くちぐち》に褒《ほ》めている。

綺羅《きら》さんのあとを歩《ある》く群雲《むらくも》さんも、悪魔《あくま》の黒衣《こくい》をまとっている。

いつも猫《ねこ》の姿《すがた》だったり、人《ひと》に見《み》つからないように護衛《ごえい》している群雲《むらくも》さんも、今日《きょう》は堂々《どうどう》と綺羅《きら》さんにつきそっている。

御影君《みかげくん》たち３人《にん》が、鋭《するど》い目《め》でふたりを見《み》すえて、

「あいつら……堂々《どうどう》と戦闘服《せんとうふく》で出《で》てくるとは、いい度胸《どきょう》してんな」

「やる気満々《きまんまん》ってことだろ」

「今日《きょう》はハロウィン……あの姿《すがた》で、人前《ひとまえ》を歩《ある》ける唯一《ゆいいつ》の日《ひ》だ。準備《じゅんび》は万端《ばんたん》といったところだろう」

ふだん、わたしたちは魔女《まじょ》や悪魔《あくま》の姿《すがた》を人目《ひとめ》にさらすことはない。

でも今日《きょう》はどんな格好《かっこう》をしていても、仮装《かそう》と見《み》られる。

(綺羅《きら》さん、本気《ほんき》だ)

刹那君《せつなくん》が鋭《するど》い目《め》で綺羅《きら》さんを見《み》ながら、低《ひく》い声《こえ》で言《い》った。

ある。


「あの黒魔女《くろまじょ》、今度《こんど》は何《なに》しようとしてるんですか？」

利那君《せつなくん》は前《まえ》に一度《いちど》、綺羅《きら》さんに利用《りよう》され、魔力《まりょく》を奪《うば》う首輪《くびわ》をかけられてしまったことがある。

「バカでかい魔法陣《まほうじん》を作《つく》って、ジャック・オー・ランタンを呼《よ》び出《だ》すつもりらしいぜ」

虎鉄君《こてつくん》の言葉《ことば》を聞《き》いて、刹那君《せつなくん》が鋭《するど》く目《め》を細《ほそ》めた。

「ジャック・オー・ランタン……？　それ、マジですか？」

「マジマジ。あいつらが、なんかたくらんでるのはまちがいねぇな」

ですね、と刹那君《せつなくん》はうなずいて、

「虎鉄《こてつ》さん、行《い》くんでしょう？　俺《おれ》も協力《きょうりょく》しますよ。だまされたお返《かえ》し、まだしてないですから」

黒魔女《くろまじょ》の綺羅《きら》さんは、かぼちゃのランタンの間《あいだ》を堂々《どうどう》と歩《ある》いていく。

背筋《せすじ》をのばし、まっすぐ前方《ぜんぽう》を見《み》て。

生徒《せいと》の声《こえ》に答《こた》えることもなく、こちらを見《み》ることなく、まっすぐ音楽室《おんがくしつ》のある新校舎《しんこうしゃ》へ向《む》かっていく。

「黒魔女《くろまじょ》が動《うご》きだした。リン、残念《ざんねん》だが、ハロウィンを楽《たの》しむのはここまでにしよう」

零士君《れいじくん》の提案《ていあん》に、わたしはうなずいた。

「うん」

お菓子《かし》とカードを配《くば》るのは、料理部《りょうりぶ》の人《ひと》たちにお願《ねが》いした。

わたしたちは足早《あしばや》に、綺羅《きら》さんたちのあとを追《お》いかけた。

4

新校舎《しんこうしゃ》は消灯《しょうとう》されていたけど、ハロウィンの明《あ》かりが窓《まど》から入《はい》ってきて、明《あ》かりなしでも進《すす》むことができる。

わたしは御影君《みかげくん》たちと蘭《らん》ちゃんと一緒《いっしょ》に廊下《ろうか》を走《はし》った。

わたしたち以外《いがい》に人《ひと》の気配《けはい》はない。

そのとき、ピアノの音《おと》が聞《き》こえてきた。

「綺羅《きら》さんのピアノだ！」

綺羅《きら》さんが作曲《さっきょく》したあの曲《きょく》だった。

蘭《らん》ちゃんがつぶやく。

「これが黒魔女《くろまじょ》のピアノ……」

階段《かいだん》の上《うえ》の方《ほう》からピアノの音《おと》が流《なが》れてくる。

わたしたちを誘《さそ》うように。

4階《かい》までの長《なが》い階段《かいだん》を息切《いきぎ》れしながら上《あ》がっていると、御影君《みかげくん》にひょいっとお姫様抱《ひめさまだ》っこされた。

「きゃ⁉」

「しっかりつかまってろよ、リン」

御影君《みかげくん》がわたしを抱《かか》えて階段《かいだん》を駆《か》け上《あ》がる。

虎鉄君《こてつくん》が抗議《こうぎ》の声《こえ》をあげた。

「御影《みかげ》、てんめぇ……いつもいつもフライングばっかしやがって……！」

「早《はや》い者勝《ものが》ちだ！」

あっという間《ま》に4階《かい》に到着《とうちゃく》した。

音楽室《おんがくしつ》のドアは開《あ》いている。

わたしは御影君《みかげくん》におろしてもらって、そっと音楽室《おんがくしつ》をのぞいた。

窓際《まどぎわ》にあるグランドピアノから演奏《えんそう》が聞《き》こえてくる。

電気《でんき》のついていない部屋《へや》は薄暗《うすぐら》く、ピアノの陰《かげ》になっていて、演奏者《えんそうしゃ》の姿《すがた》は見《み》えない。

わたしたちは部屋《へや》の中《なか》へ進《すす》み、ピアノの方《ほう》へ近《ちか》づいていった。

近《ちか》くまできて、ハッと息《いき》をのむ。

誰《だれ》もいなかった。

演奏者《えんそうしゃ》がいないのに鍵盤《けんばん》が上下《じょうげ》して、ピアノが鳴《な》っている。

『誰《だれ》もいない音楽室《おんがくしつ》で、ピアノが鳴《な》る』

７つ目《め》の七不思議《ななふしぎ》だ。

「この曲《きょく》……弾《ひ》いているのは、綺羅《きら》さんにまちがいないよ」

でも、どこで弾《ひ》いているんだろう？

その瞬間《しゅんかん》――バン！

「ひゃ!?」

音楽室《おんがくしつ》のドアが勢《いきお》いよく閉《し》まった。

虎鉄君《こてつくん》がドアを開《あ》けようとするけど、びくともしない。

「ダメだ、開《あ》かない。閉《と》じこめられた」

御影君《みかげくん》が鋭《するど》い声《こえ》で言《い》う。

「黒魔女《くろまじょ》たちのしわざだろ」

零士君《れいじくん》がうなずきながら、冷静《れいせい》につぶやく。

「僕《ぼく》たちはここへおびき寄《よ》せられた……罠《わな》だ」

胸元《むなもと》でスタージュエルがチカチカと光《ひか》りだした。

壁《かべ》に飾《かざ》られた音楽家《おんがくか》たちの肖像画《しょうぞうが》が、ぶわっと黒《くろ》いもやに包《つつ》まれる。

そしてベートーベンが、肖像画《しょうぞうが》からぬっと出《で》てきた。

「えっ⁉」

顔《かお》はベートーベンで、体《からだ》は黒《くろ》いグール。

音楽家《おんがくか》のグールだ！

「きゃー！　ベートーベンが出《で》たーーーっ！」

蘭《らん》ちゃんが叫《さけ》んで、近《ちか》くにいた虎鉄君《こてつくん》の顔《かお》にしがみついた。

虎鉄君《こてつくん》があきれ顔《がお》で、

「おまえ、あいかわらずびびりだな。幽霊《ゆうれい》のくせに」

「幽霊《ゆうれい》でも、これは怖《こわ》いわよ！」

ベートーベンだけじゃなく、他《ほか》の肖像画《しょうぞうが》からも、音楽家《おんがくか》たちが次々《つぎつぎ》と出《で》てくる。

無表情《むひょうじょう》でせまってくるのが怖《こわ》い。

蘭《らん》ちゃんがわたしの髪《かみ》にしがみついて叫《さけ》んだ。

「やだ、ショパンまで！　来《こ》ないで、ハイドン！　やめてよモーツァルト、あっち行《い》ってよシューベルト〜！」

「蘭《らん》ちゃん、すごいね。音楽家《おんがくか》の名前《なまえ》くわしいんだね」

こんなときだけど、感心《かんしん》してしまった。

「クラシック、けっこう好《す》きで。それよりあなたたち、早《はや》く魔法《まほう》でなんとかしてよ！」

と御影君《みかげくん》たちを見《み》ると、３人《にん》とも猫《ねこ》の姿《すがた》になっていた。

「なんでニャンコになってんの⁉」

叫《さけ》ぶ蘭《らん》ちゃんに、白猫《しろねこ》の零士君《れいじくん》がひげをそよがせながら答《こた》える。

「ここには、封印魔法《ふういんまほう》クロードメタルがはられてる」

わたしはハッとした。

前《まえ》にも一度《いちど》あった。

カタツムリのグールの中《なか》に閉《と》じこめられたときと同《おな》じだ。

「クロードメタルの中《なか》では、魔力《まりょく》を使《つか》えば使《つか》うほど魔力《まりょく》を奪《うば》われる。どんな魔法《まほう》も使《つか》えない……そうだよね？」

白猫《しろねこ》は満足《まんぞく》げにうなずいて、

「そのとおりだ、リン。教《おそ》わったことをしっかり覚《おぼ》えているとは感心《かんしん》だ。そうやって知識《ちしき》と経験《けいけん》を積《つ》んでいけば、君《きみ》は有能《ゆうのう》な白魔女《しろまじょ》になれる」

音楽家《おんがくか》グールたちがゆらゆらと迫《せま》ってくる。

蘭《らん》ちゃんが焦《あせ》りながら叫《さけ》ぶ。

「どうすんの⁉」

「へーきだって、想定内《そうていない》だから」

虎鉄君《こてつくん》はニッと笑《わら》い、声《こえ》をはりあげた。

「――来《こ》い、刹那《せつな》！」

キン！

ドア側《がわ》の結界《けっかい》が十字《じゅうじ》に斬《き》られ、もうひとりの悪魔《あくま》がとびこんできた。

「虎鉄《こてつ》さん、おまたせでーす！」

クロードメタルから脱出《だっしゅつ》する方法《ほうほう》はただひとつ、外側《そとがわ》から誰《だれ》かに破《やぶ》ってもらうことだ。

魔力《まりょく》をとりもどした御影君《みかげくん》たちが、すばやくわたしにふれて叫《さけ》ぶ。

「炎《ほのお》よ！」

「風《かぜ》よ！」

「氷《こおり》よ！」

赤《あか》と金《きん》と青《あお》の魔《ま》法《ほう》陣《じん》が足元《あしもと》に現《あらわ》れて、３人《にん》が悪魔《あくま》の姿《すがた》になった。

そして間髪《かんはつ》を入《い》れず、同時《どうじ》に身構《みがま》えて、

「烈火《れっか》！」

「ブラストファング！」

「アハラバード！」

それぞれの攻撃《こうげき》の魔法《まほう》が、音楽家《おんがくか》グールたちをすべて、瞬時《しゅんじ》に蹴散《けち》らした。

「こんなこったろうと思《おも》って、刹那《せつな》を別行動《べっこうどう》させといたんだよ」

蘭《らん》ちゃんは頰《ほお》をふくらませながら、虎鉄君《こてつくん》に抗議《こうぎ》した。

「も～、そうならそうと早《はや》く言《い》ってよね！」

わたしは、刹那君《せつなくん》にぺこりと頭《あたま》を下《さ》げた。

「刹那君《せつなくん》、どうもありがとう。おかげで助《たす》かったよ」

「へへっ、こんなの楽勝《らくしょう》だよ」

美《うつく》しいピアノの演奏《えんそう》はまだつづいている。

ピアノを見《み》つめていた零士君《れいじくん》が、指《ゆび》さして言《い》った。

「糸《いと》だ」

グランドピアノをよく見《み》ると、鍵盤《けんばん》に透明《とうめい》な糸《いと》が付着《ふちゃく》していた。

そして糸《いと》の先《さき》は天井《てんじょう》にのび、上《うえ》へつきぬけているようだった。

零士君《れいじくん》が断言《だんげん》した。

「演奏者《えんそうしゃ》は、上《うえ》にいる」

「じゃあ、上《うえ》へ――きゃ⁉」

ふいに虎鉄君《こてつくん》がわたしをお姫様抱《ひめさまだ》っこして、跳躍《ちょうやく》して、窓《まど》の外《そと》のテラスに出《で》た。

御影君《みかげくん》がくわっと牙《きば》をむいて、

「あっ、虎鉄《こてつ》、てめえ！」

虎鉄君《こてつくん》はニッと笑《わら》って、

「早《はや》い者勝《ものが》ちだろ？　リン、しっかりつかまってろ」

「あ、うん」

虎鉄君《こてつくん》はジャンプして、一気《いっき》に新校舎《しんこうしゃ》の屋上《おくじょう》へあがった。

柵《さく》のない広い屋上《おくじょう》の中央《ちゅうおう》に、黒魔女《くろまじょ》の綺羅《きら》さんがいた。

綺羅《きら》さんは目《め》を閉《と》じて、ピアノを弾《ひ》くように指《ゆび》を動《うご》かし、糸《いと》を操《あやつ》っている。

糸《いと》は、音楽室《おんがくしつ》のピアノへとつながっているのだろう。

まるで操《あやつ》り人形《にんぎょう》を動《うご》かすように、糸《いと》でピアノを弾《ひ》いていた。

7つ目《め》の七不思議《ななふしぎ》は、グールではなく、綺羅《きら》さんが自《みずか》ら起《お》こしていた。

「綺羅《きら》さん！」

呼《よ》びかけても返事《へんじ》はなく、綺羅《きら》さんはピアノを弾《ひ》きつづける。

スタージュエルが激《はげ》しくチカチカしはじめた。

警告《けいこく》をうながす光《ひかり》は、綺羅《きら》さんの頭上《ずじょう》に浮《う》いている一冊《いっさつ》の本《ほん》を射《さ》した。

「零士君《れいじくん》、あの本《ほん》……！」

零士君《れいじくん》はうなずいて、

「例《れい》の、『願《ねが》いを叶《かな》える魔導書《まどうしょ》』だろう」

魔導書《まどうしょ》は黒光《くろびか》りして、まるで鼓動《こどう》のように脈打《みゃくう》っている。

ただの本《ほん》じゃない、何《なに》か強《つよ》い力《ちから》を感《かん》じる。

「あの魔導書《まどうしょ》に狙《ねら》いを定《さだ》める！」

そう零士君《れいじくん》が言《い》って、３人《にん》が攻撃《こうげき》の体勢《たいせい》をとったときだった。
ガガーン!!
夜空《よぞら》に稲妻《いなずま》が走《はし》り、雷撃《らいげき》が３人《にん》を襲《おそ》った。
御影君《みかげくん》たちはとっさに後退《こうたい》して、直撃《ちょくげき》をまぬがれた。
綺羅《きら》さんを背《せ》にかばうように群雲《むらくも》さんが立《た》っていた。
「おまえ、七不思議《ななふしぎ》の完成《かんせい》を止《と》めてほしいんじゃなかったのかよ？」
御影君《みかげくん》の問《と》いかけに、群雲《むらくも》さんは無言《むごん》。
群雲《むらくも》さんの両手《りょうて》には、雷《かみなり》がバチバチと音《おと》をたてている。
御影君《みかげくん》たちも魔力《まりょく》を高《たか》めて身構《みがま》える。
御影君《みかげくん》、虎鉄君《こてつくん》、零士君《れいじくん》、刹那君《せつなくん》、群雲《むらくも》さん、５人《にん》の悪魔《あくま》が威嚇《いかく》するように見合《みあ》う。
わたしは御影君《みかげくん》たちのうしろから群雲《むらくも》さんを見《み》つめていて、気《き》がついた。
群雲《むらくも》さんは牙《きば》をむいている。
猫《ねこ》が敵《てき》を威嚇《いかく》するときのように。
でも猫《ねこ》は、怖《こわ》がっているときも、こんなふうに牙《きば》をむくことがある。
「群雲《むらくも》さんが怖《こわ》いのは、なんですか？」

雷《かみなり》に包《つつ》まれている手《て》がピクリと動《うご》いた。

御影君《みかげくん》たちが驚《おどろ》いたようにわたしを見《み》る。

群雲《むらくも》さんは雷《かみなり》を全身《ぜんしん》にまといながら、つぶやいた。

「わたしは綺羅様《きらさま》の災《わざわ》いだ……わたしが綺羅様《きらさま》を不幸《ふこう》にしている……このままでは、綺羅《きら》様《さま》は命《いのち》を落《お》としてしまう」

群雲《むらくも》さんは苦《くる》しそうにうめいた。

「わたしは悪魔《あくま》だ……魂《たましい》を喰《く》らう悪魔《あくま》だ。わかっているのに、離《はな》れられない……わたしのせいで、綺羅様《きらさま》が苦《くる》しんで命《いのち》を落《お》とす……それが怖《こわ》い――！」

事情《じじょう》がよくわからない。

でも、群雲《むらくも》さんの気持《きも》ちは伝《つた》わってきた。

「群雲《むらくも》さんは、綺羅《きら》さんの幸《しあわ》せを願《ねが》っているんですね」

御影君《みかげくん》たちが、わたしの幸《しあわ》せのためにがんばってくれるように。

綺羅《きら》さんのために、群雲《むらくも》さんもがんばっている。

「わたし、綺羅《きら》さんとお友達《ともだち》になりたいです」

群雲《むらくも》さんはハッとわたしの顔《かお》を見《み》た。

わたしは御影君《みかげくん》たちの前《まえ》に出《で》て、微笑《ほほえ》みながら言《い》った。

「もちろん群雲《むらくも》さんとも。一緒《いっしょ》にお茶《ちゃ》しながら、おしゃべりしませんか？　みんなで話《はな》せば、悩《なや》みを解決《かいけつ》する方法《ほうほう》が見《み》つかるかもしれませんよ」

話《はな》している間《あいだ》にピアノの曲《きょく》がクライマックスとなり、そして綺羅《きら》さんは演奏《えんそう》を終《お》えた。

「曲《きょく》が……！」

とうとう七不思議《ななふしぎ》がそろってしまった。

魔導書《まどうしょ》が空中《くうちゅう》に浮《う》かびあがった。

「魔導書《まどうしょ》が……！」

ドクン、ドクン、ドクン……黒光《くろびか》りして脈打《みゃくう》っている。

綺羅《きら》さんは閉《と》じていた目《め》を開《あ》けて、それを見上《みあ》げる。

そして高《たか》らかに叫《さけ》んだ。

「出《い》でよ、ジャック・オー・ランタン！」

その声《こえ》に応《こた》えるように、魔導書《まどうしょ》がくるくる回《まわ》りだした。

回《まわ》って、回《まわ》って、回《まわ》って——そして形《かたち》を変《か》え、銀色《ぎんいろ》のステッキになった。

闇《やみ》の広《ひろ》がっている夜空《よぞら》から、ぬっと白《しろ》い手《て》が出《で》てきた。

白《しろ》い手袋《てぶくろ》をはめた手《て》がぐっとステッキをにぎり、陽気《ようき》な声《こえ》が響《ひび》く。

「ミッション・コンプリ〜ト♪」

任務完了《にんむかんりょう》。

そう言《い》ったのは、かぼちゃ頭《あたま》で、派手《はで》なピエロのような格好《かっこう》をした人物《じんぶつ》。

「ハッピーハロウィ〜ン☆　ボク、ジャック・オー・ランタン！」

謎《なぞ》の人物《じんぶつ》、不吉《ふきつ》の象徴《しょうちょう》、ジャック・オー・ランタンが現《あらわ》れた。

5

ジャックはすたんと屋上《おくじょう》に着地《ちゃくち》して、わたしたちを見《み》た。

「みんな、よろしくね♪」

頰《ほお》に人差《ひとさ》し指《ゆび》をあてて、かわいくポーズをとった。

(あれがジャック・オー・ランタン……！)

死後《しご》の世界《せかい》から拒否《きょひ》されるような罪人《ざいにん》だって聞《き》いてたから、もっと怖《こわ》い雰囲気《ふんいき》を想像《そうぞう》していたんだけど。

すごく陽気《ようき》で、動《うご》きは軽《かろ》やか、しぐさもかわいい。

遊園地《ゆうえんち》やイベントにいる着《き》ぐるみキャラクターみたいだ。

コミカルな動《うご》きに、蘭《らん》ちゃんがくすりと笑《わら》った。

「衣装《いしょう》も動《うご》きもピエロみたい。ジョーカーね」

「ジョーカーって？」

「道化師《どうけし》のことを、ジョーカーって言《い》うのよ」

そういえば、トランプのジョーカーの札《ふだ》にはピエロの絵《え》が描《か》かれていることが多《おお》い。

ジャックはくるりと綺羅《きら》さんの方《ほう》を向《む》き、うれしそうにスキップしながら近《ちか》づいていく。

「綺羅《きら》ちゃん、こんばんは！　ボクを呼《よ》んでくれてどうもありがとうっ」

その前《まえ》に群雲《むらくも》さんが立《た》ちはだかった。

綺羅《きら》さんを背《せ》にかばい、ジャックに問《と》う。

「おまえは、本当《ほんとう》に願《ねが》いを叶《かな》えられるのか？」

「そうだよっ！」

「どんな願《ねが》いでもか？」

ジャックは首《くび》をかくんとかしげて、

「あれれ？　もしかして、ボク疑《うたが》われてる？　願《ねが》いを叶《かな》えるなんてできっこないって思《おも》われてる？　ガーン、ショック〰〰〰！」

両手《りょうて》で頭《あたま》を抱《かか》えてうずくまる。

でもすぐに、うさぎみたいに、ぴょん！　と立《た》ち上《あ》がって、

「わかった！　じゃあ、ボクの力《ちから》を見《み》せてあげるよ！」

ジャックは屋上《おくじょう》の端《はし》に立《た》ち、ステッキを空《そら》に向《む》けてかざした。

「たまや〜！」

ひゅるるる〰〰……ドーン！

ステッキの先《さき》から打《う》ち上《あ》げ花火《はなび》があがって、夜空《よぞら》に大輪《たいりん》の花《はな》を咲《さ》かせた。

中庭《なかにわ》にいた人《ひと》たちがいっせいに空《そら》を見上《みあ》げ、屋上《おくじょう》に立《た》つジャックに気《き》づく。

ジャックは叫《さけ》んだ。

「やあ、みんな！　ボク、ジャック・オー・ランタン！　ハッピーハロウィ〜ン！」

人々《ひとびと》はその声《こえ》に答《こた》えた。

「「「ハッピーハロウィ〜ン！」」」

みんな、ハロウィンの演出《えんしゅつ》だと思《おも》っているのだろう。

笑顔《えがお》でジャックを見上《みあ》げて、歓声《かんせい》をあげたり、手《て》をふったりしている。

ジャックは地上《ちじょう》の人《ひと》たちに向《む》かって、

「さあ、夢《ゆめ》の時間《じかん》のはじまりだよ！　今日《きょう》はね、ボクがみんなの願《ねが》いを叶《かな》えてあげる！

さあ、願《ねが》いを言《い》ってごらんっ♪」

生徒《せいと》のひとりがふざけた感《かん》じで叫《さけ》んだ。

「お小遣《こづか》いくださーい！　今月《こんげつ》ピンチなんで〜！」

あははは、と笑《わら》い声《ごえ》が起《お》こる。

つづけて、ゾンビシンデレラの仮装《かそう》をしているかずみちゃんが、手《て》をあげて声《こえ》をはりあげた。

「はいはいはーい！　あたし、彼氏《かれし》がほしいでーす！　イケメンで優《やさ》しい王子様《おうじさま》をお願《ねが》いしまっす！」

どっと笑《わら》いが起《お》こった。

ジャックは大《おお》きくうなずいて、

「オッケー♪　まずはお小遣《こづか》いね、出《で》ろ〜！」

銀色《ぎんいろ》のステッキをくるっと回《まわ》した。

すると杖《つえ》の先《さき》から黒《くろ》い煙《けむり》が出《で》て、願《ねが》いを言《い》った生徒《せいと》の手《て》の上《うえ》に集《あつ》まる。

次《つぎ》の瞬間《しゅんかん》、黒《くろ》い煙《けむり》は数枚《すうまい》の一万円札《いちまんえんさつ》になった。

「一万円《いちまんえん》!?　えっ、これ本物《ほんもの》!?」

「次《つぎ》はイケメン王子《おうじ》、出《で》ろ～！」

同《おな》じようにステッキから黒《くろ》い煙《けむり》が出《で》て、かずみちゃんの前《まえ》に集《あつ》まる。

黒《くろ》い煙《けむり》が人《ひと》の形《かたち》になり、王子様《おうじさま》の格好《かっこう》をしたイケメンになった。

「えっ、え？　うそ!?　めっちゃイケメン!!」

王子様《おうじさま》は熱《あつ》い瞳《ひとみ》でかずみちゃんを見《み》つめて、

「姫《ひめ》……好《す》きです。どうか僕《ぼく》と付《つ》き合《あ》ってください」

王子様《おうじさま》の突然《とつぜん》の告白《こくはく》に、かずみちゃんは真《ま》っ赤《か》になりながら即答《そくとう》した。

「は、はい！　喜《よろこ》んで！」

王子様《おうじさま》は微笑《ほほえ》んで、ひしっとかずみちゃんを抱《だ》きしめた。

きゃ～！　うお～！　まじ～!?

驚《おどろ》きと興奮《こうふん》の声《こえ》がとびかう。

蘭《らん》ちゃんがあぜんとしてつぶやいた。

「うそ……ホントに願《ねが》いが叶《かな》っちゃった……！」

御影君《みかげくん》たちと刹那君《せつなくん》、4人《にん》の悪魔《あくま》は鋭《するど》い目《め》に強《つよ》い警戒《けいかい》の色《いろ》を浮《う》かべている。

「おい零士《れいじ》、ジャックは魔法使《まほうつか》いなのか？　あれはなんて魔法《まほう》だ？」

虎鉄君《こてつくん》の問《と》いに、零士君《れいじくん》は困惑《こんわく》を浮《う》かべる。

「あんな魔法《まほう》は見《み》たことがない。呪文《じゅもん》も唱《とな》えずに……あれは、魔法《まほう》なのか？」

零士君《れいじくん》にもよくわからないみたいだ。

願《ねが》いが叶《かな》えられるのを目《ま》の当《あ》たりにした人《ひと》たちは、ジャックに向《む》かって大声《おおごえ》で叫《さけ》びだした。

「俺《おれ》は億万長者《おくまんちょうじゃ》になりたい！」

「わたし、かわいくなりたい！」

「背《せ》を高《たか》くしてくれ〜！」

とびかう願《ねが》いは、どれも無理難題《むりなんだい》。

叶《かな》えるのが難《むずか》しいものばかりだけど、ジャックは楽《たの》しそうに笑《わら》って、

「あはは、人間《にんげん》って強欲《ごうよく》〜。でも、だからおもしろいよね♪　みんなまとめて、それ〜！」

銀色《ぎんいろ》のステッキを大《おお》きくふった。

一万円札《いちまんえんさつ》が大量《たいりょう》に舞《ま》い、別人《べつじん》のようにかわいくなり、背《せ》がぐんと伸《の》びる。

奇跡《きせき》のような出来事《できごと》が次々《つぎつぎ》と起《お》こる。

その光景《こうけい》に、わたしは背筋《せすじ》がぞくりとした。

願《ねが》えば叶《かな》う、とは言《い》うけど。

(願《ねが》いって、こんなあっさり叶《かな》えられるものなの……？)

あまりにも簡単《かんたん》すぎる。

簡単《かんたん》すぎて——怖《こわ》い。

ジャックはくるりと向《む》きを変《か》えて、綺羅《きら》さんの方《ほう》を見《み》た。

「綺羅《きら》ちゃん、見《み》てくれた？　ボクの力《ちから》！　これで信《しん》じてくれるよね？」

群雲《むらくも》さんは警戒《けいかい》をとかず、綺羅《きら》さんを背《せ》にかばったままだ。

「さあ、綺羅《きら》ちゃん、君《きみ》の願《ねが》いを言《い》ってごらん？」

綺羅《きら》さんは自《みずか》ら群雲《むらくも》さんの前《まえ》に出《で》て、ジャックと向《む》き合《あ》った。

「綺羅様《きらさま》……！」

「群雲《むらくも》、わたくしが望《のぞ》んだの。何《なに》が起《お》ころうとも、覚悟《かくご》の上《うえ》……下《さ》がっててちょうだい」

群雲《むらくも》さんは口《くち》をつぐんだ。

綺羅《きら》さんは、ジャックとまっすぐ向《む》き合《あ》って、

「わたくしの願《ねが》いは、この世界《せかい》のルールに反《はん》することだとわかっているわ。ののしられてもいい……罪人《ざいにん》だとさげすまれてもかまわない……わたくしには、どんな手《て》を使《つか》っても叶《かな》えたい願《ねが》いがある」

「なぁに～？」

綺羅《きら》さんは、願《ねが》いを叫《さけ》んだ。

「群雲《むらくも》を蘇《よみがえ》らせてっ‼」

わたしは目《め》をしばたたいた。

「……え？」

綺羅《きら》さんの言葉《ことば》の意味《いみ》がわからない。

御影君《みかげくん》と虎鉄君《こてつくん》も、不可解《ふかかい》という顔《かお》をしている。

「どういうことだ？」

「あいつは、そこにいるじゃねえか」

群雲《むらくも》さんは、綺羅《きら》さんのうしろに立《た》っている。

不安《ふあん》げに、心配《しんぱい》そうに。

考《かん》えていた零士君《れいじくん》がつぶやいた。

「──そうか。だから、結婚《けっこん》できないのか」

「え？」

「生《い》きているものと死《し》んでいるものとは、結《むす》ばれない。結婚《けっこん》はできない。あの悪魔《あくま》は、一度命《いちどいのち》を落《お》としているんだ」

わたしはハッとした。

（そういえば）

群雲《むらくも》さんの手《て》にふれたとき。

体温《たいおん》がなく、氷《こおり》のように冷《つめ》たかった。

蘭《らん》ちゃんが首《くび》をかしげた。

「あの人《ひと》も、わたしみたいな幽霊《ゆうれい》ってこと？」

「いや、幽霊《ゆうれい》とはちがう。奴《やつ》には肉体《にくたい》がある。黒魔法《くろまほう》で肉体《にくたい》が朽《く》ち果《は》てないようにしながら、魂《たましい》を無理《むり》やりつなぎとめていた。魂《たましい》をもっているゾンビ、といった方《ほう》が近《ちか》いだろう」

ジャックは、う〜〜んと悩《なや》むみたいに腕組《うでぐ》みをした。

「死者《ししゃ》を蘇《よみがえ》らせるのは禁《きん》じられてる。ルール違反《いはん》だよ？」

「承知《しょうち》の上《うえ》よ」

ジャックはぽりぽりと指《ゆび》で頭《あたま》をかきながら、

「そんなことしたら、ボクが罪人《ざいにん》になっちゃうな～」

「もともとあなたは罪人《ざいにん》、どうってことないでしょう？」

ジャックはお腹《なか》を抱《かか》えて大笑《おおわら》いした。

「あははは、あはははははっ！　綺羅《きら》ちゃんって、おもしろい子《こ》だね！」

「わたくしは魔導書《まどうしょ》の要求《ようきゅう》をのんで、七不思議《ななふしぎ》を完成《かんせい》させたわ。今度《こんど》はあなたの番《ばん》。わたくしの願《ねが》いを叶《かな》えなさい！」

「わかった！　いいよ、君《きみ》の願《ねが》いを叶《かな》えてあげる！」

ジャックはステッキを大《おお》きくふった。

「群雲君《むらくもくん》、甦《よみがえ》れ～！」

ステッキから放《はな》たれた黒《くろ》い煙《けむり》が、一瞬《いっしゅん》群雲《むらくも》さんを包《つつ》みこんで、消《き》えた。

綺羅《きら》さんは緊張《きんちょう》した面持《おもも》ちで、

「群雲《むらくも》……」

手《て》をのばし、群雲《むらくも》さんの胸元《むなもと》にふれる。

「心臓《しんぞう》が動《うご》いてる……ほら」

群雲《むらくも》さんは綺羅《きら》さんにうながされ、自分《じぶん》の心臓《しんぞう》の位置《いち》に手《て》をあてて、息《いき》をのんだ。

綺羅《きら》さんは群雲《むらくも》さんの頬《ほお》にふれて、

「あったかいわ……群雲《むらくも》、わたしの体温《たいおん》を感《かん》じる？」

群雲《むらくも》さんはすごく困惑《こんわく》した様子《ようす》でつぶやく。

「バカな……ありえない。こんな奇跡《きせき》のようなことが――」

「奇跡《きせき》が起《お》こったのよ」

つぶやきながら、綺羅《きら》さんは涙《なみだ》ぐんだ。

ジャックはうんうんとうなずきながら、

「よかったね、みんなハッピーになったね！　ボクもハッピーだよ、ひゃっほ～♪」

ぴょんぴょん跳《は》ねて喜《よろこ》んだあと、低《ひく》い声《こえ》で言《い》った。

「じゃあ――もういいね？」

ジャックがステッキを高《たか》くかかげ、ふり下《お》ろした。

その瞬間《しゅんかん》――。

「きゃ――――！」

下《した》の方《ほう》から悲鳴《ひめい》が聞《き》こえた。

ハロウィンの会場《かいじょう》にいた人々《ひとびと》が、突然《とつぜん》、バタバタと倒《たお》れていくのが見《み》えた。

「えっ⁉」

歓声《かんせい》が悲鳴《ひめい》に変《か》わり、悲鳴《ひめい》をあげた人々《ひとびと》も倒《たお》れていく。

ぽっ、ぽっ……ぽぽぽぽっ。

倒《たお》れた人《ひと》たちの体《からだ》から、小《ちい》さな火《ひ》が出《で》てきた。

マッチの火《ひ》くらいの小《ちい》さな火《ひ》。

「あれは……？」

なんだろう、と思《おも》っていると、御影君《みかげくん》が固《かた》い声《こえ》で言《い》った。

「あれは、命《いのち》の火《ひ》だ」

「命《いのち》？」

「文字《もじ》どおり、火《ひ》が燃《も》えていれば生《い》き、消《き》えれば死《し》ぬ」

大勢《おおぜい》の体《からだ》から出《で》た火《ひ》が、空中《くうちゅう》に浮《う》かぶ。

ジャックはどこからか大《おお》きなかぼちゃのランタンをとりだし、高《たか》くかかげる。

するとみんなの命《いのち》の火《ひ》が集《あつ》まってきて、ランタンの中《なか》に入《はい》った。

「欲深《よくぶか》い人間《にんげん》ほど、生《い》きたいって思《おも》いが強《つよ》くて、命《いのち》の火《ひ》に勢《いきお》いがあるんだよ。とってもきれいだね♪」

ハロウィンに参加《さんか》していた人《ひと》たち、全員《ぜんいん》が倒《たお》れている。

誰《だれ》ひとり動《うご》かない。

わたしは青《あお》ざめながらジャックに問《と》いかけた。

「みんなを……どうしたんですか？　まさか――！」

ジャックは笑《わら》って、

「殺《ころ》してないよ？　ちょっぴり寿命《じゅみょう》をもらっただけだよ」

「寿命《じゅみょう》……？」

「そ。ほしいものを買《か》うには、お金《かね》が必要《ひつよう》でしょ。それと同《おな》じだよ。願《ねが》いを叶《かな》えるには、それ相応《そうおう》の代償《だいしょう》が必要《ひつよう》ってことだよ。ただで願《ねが》いが叶《かな》うなんて、そんな虫《むし》のいい話《はなし》、あるわけないでしょ？」

言《い》いながら、ステッキを軽《かる》くふる。

すると、ジャックが出《だ》したお金《かね》が消《き》え、イケメン王子様《おうじさま》も消《き》え、かわいい顔《かお》も伸《の》びた背《せ》も元《もと》に戻《もど》って、黒《くろ》い煙《けむり》とともにすべての奇跡《きせき》がかき消《き》えた。

ジャックは教《おし》えるように言《い》う。

「夢《ゆめ》はまぼろし……幸《しあわ》せも、夢《ゆめ》も、永遠《えいえん》にはつづかないんだよ」

綺羅《きら》さんはハッとして、自分《じぶん》の胸元《むなもと》を見《み》る。

命《いのち》の炎《ほのお》がふわりと出《で》てきた。

「……っ！」

綺羅《きら》さんが崩《くず》れるように倒《たお》れた。

「綺羅様《きらさま》！」

群雲《むらくも》さんが倒《たお》れる綺羅《きら》さんを抱《だ》きとめる。

ジャックは綺羅《きら》さんの命《いのち》の火《ひ》をランタンに入《い》れて、満足《まんぞく》げにうなずく。

「わあ、綺羅《きら》ちゃんの命《いのち》の火《ひ》、とってもきれいだね！　群雲君《むらくもくん》、見《み》てごらんよ！　ほら！」

群雲《むらくも》さんはジャックの方《ほう》を見《み》なかった。

綺羅《きら》さんを見《み》つめ、顔《かお》を寄《よ》せて、

「綺羅様《きらさま》……いただいた命《いのち》、お返《かえ》しします」

そして、綺羅《きら》さんの唇《くちびる》にキスをした。

わたしは息《いき》をのんだ。

「あ……！」

口《くち》うつしで、群雲《むらくも》さんの火《ひ》が綺羅《きら》さんの中《なか》に入《はい》っていくのが見《み》えた。

群雲《むらくも》さんが猫《ねこ》の姿《すがた》になり、どっと倒《たお》れる。

入《い》れ替《か》わるように、綺羅《きら》さんが目《め》を開《あ》けた。

「群《むら》……雲《くも》？」

猫《ねこ》の群雲《むらくも》さんは動《うご》かなかった。

まるで死《し》んでしまったように。

綺羅《きら》さんは灰色《はいいろ》の猫《ねこ》を抱《だ》き上《あ》げて、ゆり動《うご》かす。

「群雲《むらくも》……群雲《むらくも》っ！　目《め》を開《あ》けなさい!!」

猫《ねこ》はかろうじて息《いき》をしている。

でも、もう、声《こえ》を発《はっ》する力《ちから》もないようだった。

「群雲君《むらくもくん》はね、自分《じぶん》の命《いのち》を全部《ぜんぶ》、君《きみ》に返《かえ》したんだよ」

綺羅《きら》さんは灰色《はいいろ》の猫《ねこ》にキスをした。

命《いのち》の火《ひ》を分《わ》けようと、何度《なんど》も。

でも猫《ねこ》は目覚《めざ》めない。

ジャックは軽《かる》い口調《くちょう》で言《い》った。

「ダメダメ、もう手遅《ておく》れだよ。命《いのち》の火《ひ》を受《う》けとるにも、それなりに力《ちから》がいる。もう虫《むし》の息《いき》だからね。群雲君《むらくもくん》、もうすぐ死《し》んじゃうよ」

綺羅《きら》さんの顔《かお》が大《おお》きくゆがむ。

「群雲《むらくも》……！」

「別《べつ》にいいんじゃな〜い？　だって、もともと綺羅《きら》ちゃんの命《いのち》の火《ひ》なんでしょ？　返《かえ》してもらって、元《もと》どおりになっただけだよ。群雲君《むらくもくん》にも言《い》われてたんでしょ、もういいって。自分《じぶん》はいなくなるって」

「――そんなの、嫌《いや》よっ!!」

綺羅《きら》さんが感情《かんじょう》をあらわに叫《さけ》んだ。

「群雲《むらくも》はわたくしのそばにいると誓《ちか》ったわ！　なのに……わたくしをおいて、ひとりで勝《かっ》手《て》にいなくなるのは許《ゆる》さない！」

叫《さけ》びながら、綺羅《きら》さんの目《め》からぼろぼろと涙《なみだ》がこぼれる。

ジャックはかくっと首《くび》をかしげて、

「あれ？　なんで泣《な》いてるの？　もしかして、綺羅《きら》ちゃんも群雲君《むらくもくん》といたいから、自分《じぶん》の

わたくしは、ずっと群雲《むらくも》といたかった！　それだけ……！」

「悪魔《あくま》だからじゃない！　群雲《むらくも》だからよ！

命《いのち》あげてたの？　悪魔《あくま》がいると便利《べんり》だから従《したが》えてたんじゃないの？」

「へえ、そうなんだぁ」

ジャックはポケットからノートとペンをとりだして、何《なに》やら書《か》きはじめた。

「勉強《べんきょう》になるなぁ～……。あ、これは何《なに》かって？　これはボクの研究《けんきゅう》ノートさ」

そう言《い》いながら、ノートの表紙《ひょうし》を見《み》せた。

表紙《ひょうし》に書《か》いてあるタイトルは、『黒魔女綺羅《くろまじょきら》』。

「実《じつ》はボク、魔女《まじょ》について研究《けんきゅう》してるんだ。このノートには、綺羅《きら》ちゃんについて調《しら》べたことが、いろいろ書《か》いてあるんだよ」

あぜんとしている綺羅《きら》さんをよそに、ジャックはノートを開《ひら》き、読《よ》みはじめた。

「ふたりが出会《であ》ったのは、嵐《あらし》の夜《よる》。綺羅《きら》ちゃん5歳《さい》、児童養護施設《じどうようごしせつ》にいた頃《ころ》」

綺羅《きら》さんがハッと顔《かお》をあげる。

「激《はげ》しい雷雨《らいう》に、誰《だれ》もがおびえ、みんな家《いえ》に閉《と》じこもるけど、綺羅《きら》ちゃんはちがった。雷《かみなり》を恐《おそ》れず、雷鳴《らいめい》に合《あ》わせて、ピアノを弾《ひ》いちゃうような、一風変《いっぷうか》わった子《こ》だった。雷《かみなり》の悪《あく》魔《ま》、群雲君《むらくもくん》はそんな綺羅《きら》ちゃんに興味《きょうみ》をもって、そばにいるようになったんだよね」

綺羅《きら》さんは激《はげ》しく動揺《どうよう》して、

「どうして……それを――！」

「知《し》ってるよ♪　綺羅《きら》ちゃんが13歳《さい》の誕生日《たんじょうび》を迎《むか》えたとき、魔女《まじょ》の力《ちから》がめざめて、グールに襲《おそ》われちゃったときのこともね」

魔女《まじょ》の力《ちから》がめざめる13歳《さい》の誕生日《たんじょうび》。

その魔力《まりょく》を狙《ねら》って、グールが襲《おそ》いかかってくる。

わたしもそうだった。

「ものすごい数《かず》のグールに襲《おそ》われて、綺羅《きら》ちゃん大《だい》ピンチ！　そのとき、群雲君《むらくもくん》が綺羅《きら》ちゃんを守《まも》って死《し》んじゃった！　綺羅《きら》ちゃんは思《おも》わず使《つか》っちゃったんだよね。群雲君《むらくもくん》を助《たす》けるために、死者《ししゃ》をこの世界《せかい》につなぎとめる黒魔法《くろまほう》を。魔法《まほう》の糸《いと》で群雲君《むらくもくん》の肉体《にくたい》と魂《たましい》を無理《むり》やり縫《ぬ》いとめて、自分《じぶん》の命《いのち》の火《ひ》を分《わ》け与《あた》えて、それで黒魔女《くろまじょ》になっちゃった！」

ジャックはノートをポケットにしまい、ステッキで遊《あそ》ぶようにくるくる回《まわ》しながら、

「でもさぁ、群雲君《むらくもくん》って、ひどくな〜い？　綺羅《きら》ちゃんの命《いのち》がすり減《へ》るのがわかってて、そばにいたんでしょう？」

「群雲《むらくも》は悪《わる》くない！」

綺羅《きら》さんは叫《さけ》んだ。

「わたくしが命令《めいれい》したのよ！　何《なに》を犠牲《ぎせい》にしても、そばにいなさいと！」

「だから命《いのち》の火《ひ》をあげてたの？　自分《じぶん》の寿命《じゅみょう》を犠牲《ぎせい》にして？」

「寿命《じゅみょう》なんて短《みじか》くていい！　明日命《あしたいのち》がつきることになっても、群雲《むらくも》がそばにいれば、いいのよ！」

わたしは、保健室《ほけんしつ》で聞《き》いた群雲《むらくも》さんの言葉《ことば》を思《おも》いだした。

――いまは、まだ。

いまはまだ大丈夫《だいじょうぶ》、でもいずれ綺羅《きら》さんの命《いのち》があやうくなる。

だから、群雲《むらくも》さんはあんなに苦《くる》しそうな顔《かお》をしていたんだ。

ジャックがくすくすと笑《わら》った。

「綺羅《きら》ちゃんって、わがままだねぇ。ずっとママといた〜い！　って、駄々《だだ》をこねる子供《こども》みたいだよ」

綺羅《きら》さんは吐《は》き捨《す》てるように言《い》った。

「母親《ははおや》なんて、顔《かお》も知《し》らないわ。施設《しせつ》の人《ひと》は入《い》れ替《か》わり、引《ひ》きとられた神無月《かんなづき》の両親《りょうしん》も仕《し》事《ごと》でいない。いつもわたくしのそばにいたのは群雲《むらくも》だけ……わたくしが信《しん》じるのは、群雲《むらくも》だけよ！」

「つまり君《きみ》は、群雲君《むらくもくん》といたくてルール破《やぶ》りの黒魔法《くろまほう》を使《つか》ったんだね？　そして群雲君《むらくもくん》も、君《きみ》といたいと願《ねが》った」

ジャックはくくっと笑《わら》った。

「その結果《けっか》が、これかぁ。あっけなく願《ねが》いは破《やぶ》れ、綺羅《きら》ちゃんの寿命《じゅみょう》まで削《けず》るはめになって。群雲君《むらくもくん》って、まぬけな悪魔《あくま》だね」

綺羅《きら》さんは、キッとジャックをにらんで、

「群雲《むらくも》を笑《わら》うのは許《ゆる》さないっ！」

胸《むね》に猫《ねこ》を抱《だ》きながら、狙《ねら》いをさだめるように片手《かたて》をジャックに向《む》けた。

「スパイラル・スピンクス！」

その手《て》から放《はな》たれた無数《むすう》の糸《いと》が針《はり》のようになって、ジャックに襲《おそ》いかかる。

ジャックはダンスを踊《おど》るようにくるっと回《まわ》って、攻撃《こうげき》を軽々《かるがる》とかわした。

「無駄《むだ》だよ♪　ボクは君《きみ》がどんな魔法《まほう》を使《つか》うのか、全部知《ぜんぶし》ってる。ボクのノートに書《か》いてあるからね」

最初《さいしょ》に命《いのち》の火《ひ》を奪《うば》われたダメージが、大《おお》きかったのかもしれない。

一度《いちど》の攻撃《こうげき》で綺羅《きら》さんは魔力《まりょく》を使《つか》い果《は》たし、その場《ば》に倒《たお》れてしまった。

倒《たお》れて呼吸《こきゅう》を乱《みだ》しながらも、ジャックをにらむ。

「その目《め》、怒《いか》り心頭《しんとう》！　って感《かん》じだね。それよりいいの？　群雲君《むらくもくん》、いまにも死《し》んじゃいそうだけど」

綺羅《きら》さんは震《ふる》えながら、ぐったりした猫《ねこ》を両腕《りょううで》で抱《だ》きしめる。

「群雲《むらくも》……目《め》を開《あ》けて、群雲《むらくも》……！」

猫《ねこ》は反応《はんのう》しなかった。

綺羅《きら》さんは悲痛《ひつう》に泣《な》き叫《さけ》んだ。

「いや……行《い》かないでぇ……!!」

綺羅《きら》さんの体《からだ》から、黒《くろ》いオーラがあふれる。

怒《いか》り、悲《かな》しみ、憎《にく》しみ……強《つよ》い負《ふ》の感情《かんじょう》だ。

ジャックが悪意《あくい》に満《み》ちた声《こえ》で、楽《たの》しげに言《い》った。

「とってもいい絶望《ぜつぼう》だね♪」

わたしはジャックに向《む》かって叫《さけ》んだ。

「ジャックさん、ずるいです！」

ジャックは、ぽっかりと開《あ》いた闇《やみ》の目《め》をわたしに向《む》ける。

「なにがぁ〜？」

「願《ねが》いを叶《かな》えるためには代償《だいしょう》がいるなんて、一言《ひとこと》も言《い》っていないじゃないですか！　フェアじゃないです！」

こんなことになるなんて知《し》っていたら、みんな願《ねが》いを言《い》わなかったはずだ。

ジャックは自分《じぶん》のかぼちゃ頭《あたま》をこつんとたたいて、

「えへ、怒《おこ》られちゃった。そういうとこ、白魔女《しろまじょ》っぽいよね〜、天ヶ瀬《あまがせ》リンちゃん」

突然《とつぜん》フルネームで呼《よ》ばれて、ギクッとした。

ジャックは、ポケットからもう一冊《いっさつ》、手帳《てちょう》をとりだした。

タイトルは『白魔女《しろまじょ》リン』。

ジャックはそれを開《ひら》いて、すらすらと読《よ》みあげた。

「２０２０年《ねん》４月《がつ》19日《にち》、23時《じ》９９９分《ふん》に時《とき》の狭間《はざま》から人間界《にんげんかい》へと生《う》まれる。父親《ちちおや》は天ヶ瀬《あまがせ》修造《しゅうぞう》、母親《ははおや》は天ヶ瀬《あまがせ》カルラ。白魔女《しろまじょ》カルラによって、３悪魔《あくま》と婚約《こんやく》し、白魔女《しろまじょ》として目覚《めざ》めた」

背筋《せすじ》がゾッとした。

（どうやって調《しら》べたの……？）

ジャックはわたしの疑問《ぎもん》に答《こた》えるように言《い》った。

「言《い》ったでしょ？　ボク、魔女《まじょ》を研究《けんきゅう》してるって。もちろん、リンちゃんのことも研究《けんきゅう》してるよん♪」

零士君《れいじくん》がわたしを背《せ》にかばい、青《あお》い瞳《ひとみ》でジャックをにらみすえた。

「貴様《きさま》……何者《なにもの》だ？」

「ボクはボクだよ♪」

御影君《みかげくん》が鋭《するど》い目《め》でジャックをにらんで、

「てめぇ……ふざけんなっ！　火炎放射《かえんほうしゃ》！」

弾丸《だんがん》のような炎《ほのお》がジャックに放《はな》たれる。

ジャックはステッキをひとふりして、炎《ほのお》の弾《たま》をかき消《け》してしまった。

「なっ⁉」

「ふざけてなんかないさ、ボクは真面目《まじめ》に研究《けんきゅう》してるよ。だって、魔女《まじょ》がだ～い好《す》きだから♡」

ジャックは御影君《みかげくん》の怒《いか》りを逆《さか》なでするように、あははっと楽《たの》しげに笑《わら》う。

そしてステッキをくるくると回《まわ》して、カッ！　と地面《じめん》をついた。

「イッツ・ア・ショ〜タ〜イム！　お楽《たの》しみは、これから本番《ほんばん》だよ。七不思議《ななふしぎ》の魔法陣《まほうじん》はね、すっごいものを呼《よ》べるんだ。強力《きょうりょく》なグールが発生《はっせい》するとね、その場所《ばしょ》に悪意《あくい》が記憶《きおく》されるんだよ。そこを結《むす》べば――」

ステッキから放《はな》たれた黒《くろ》い光《ひかり》が、七不思議《ななふしぎ》が起《お》こった場所《ばしょ》へ向《む》かっていく。

時計塔《とけいとう》、帰《かえ》れない廊下《ろうか》……バラ園《えん》に、そして音楽室《おんがくしつ》。

各地点《かくちてん》が黒《くろ》い光《ひかり》の線《せん》でつながれていく。

ジャックのステッキのひとふりで、黒《くろ》い光《ひかり》がつながって、巨大《きょだい》な魔法陣《まほうじん》が描《えが》かれた。

完成《かんせい》した魔法陣《まほうじん》から、暗闇《くらやみ》がぶわっと吹《ふ》きだした。

濃厚《のうこう》な闇《やみ》の中《なか》から、何《なに》か巨大《きょだい》なものの影《かげ》が見《み》える。

鋭《するど》い牙《きば》をもった犬《いぬ》のような3頭《とう》の獣《けもの》。

首《くび》や体《からだ》を太《ふと》い鎖《くさり》で巻《ま》かれている。

（ちがう、3頭《とう》じゃない）

3つの頭《あたま》があるけど、体《からだ》はひとつだった。

針《はり》のような剛毛《ごうもう》に覆《おお》われているその体《からだ》は、校舎一棟《こうしゃいっとう》よりも大《おお》きい。

ジャックは、ショーの司会者《しかいしゃ》のように両手《りょうて》を広《ひろ》げて、歓迎《かんげい》の声《こえ》をはりあげた。

「いらっしゃ～い、地獄《じごく》の番犬《ばんけん》ケルベロス～！」

6

わたしは巨大《きょだい》な獣《けもの》をぽかんとしながら見上《みあ》げた。

「ケルベロス……？」

聞《き》いたことがある名前《なまえ》だ。

零士君《れいじくん》が教《おし》えてくれた。

「地獄《じごく》の番犬《ばんけん》ケルベロス、地獄《じごく》を逃《に》げ出《だ》そうとする罪人《ざいにん》を捕《つか》まえて喰《く》らう凶暴《きょうぼう》な獣《けもの》だ」

ジャックは陽気《ようき》な口調《くちょう》で言《い》う。

「ボクさ、前《まえ》から知《し》りたかったんだよね。人間界《にんげんかい》にケルベロスを放《はな》ったら、どうなるのかな～？　って。でもボクじゃ呼《よ》べないからさ。だからこの世界《せかい》の魔女《まじょ》に、召喚《しょうかん》の魔法陣《まほうじん》を描《か》いてもらったんだ」

「まさか……このために、綺羅《きら》さんを利用《りよう》したんですか？」

「そうだよ♪」

開《あ》いた口《くち》がふさがらなかった。

そんな理由《りゆう》で、こんなことするなんて。

それも笑《わら》いながら。

「ケルベロス、突《つ》っ立《た》ってないでさ、早《はや》く魔《ま》法《ほう》陣《じん》から出《で》ておいでよ！」

ジャックがステッキをふると、ケルベロスに巻《ま》きついている鎖《くさり》が、ぐん！　と引《ひ》っぱられた。

無《む》理《り》やり引《ひ》っぱられたせいで、ケルベロスがよろけて、その足《あし》が魔《ま》法《ほう》陣《じん》から出《で》た。

ズズ――ン!!

地《じ》震《しん》のようなゆれと地《じ》響《ひび》きが起《お》こる。

ケルベロスの一《いっ》歩《ぽ》で、校《こう》庭《てい》に大《おお》きなクレーターができた。

青《あお》白《じろ》い幽《ゆう》霊《れい》の蘭《らん》ちゃんが、さらに青《あお》ざめて、

「どうすればいいのよ？　あんなのが出《で》てきたら、世《せ》界《かい》はめちゃくちゃになっちゃうわ！」

ジャックが宣《せん》言《げん》する。

「さあ、ケルベロス！　君《きみ》は自《じ》由《ゆう》だ！　思《おも》う存《ぞん》分《ぶん》、暴《あば》れちゃいなよ！」

御影君《みかげくん》、虎鉄君《こてつくん》、零士君《れいじくん》、3人《にん》がケルベロスの前《まえ》に立《た》った。

「させねえよ」

「俺《おれ》らが相手《あいて》になるぜ」

「リンの住《す》む世界《せかい》を、滅《ほろ》ぼさせはしない」

赤《あか》、金《きん》、青《あお》の魔力《まりょく》が高《たか》まる。

ケルベロスがギロリと御影君《みかげくん》たちを見《み》た。

ジャックがわくわくと体《からだ》をゆらしながら、

「ケルベロス対《たい》3悪魔《あくま》かぁ！　1対《たい》3、いや、3対《たい》3かな？　どっちが勝《か》つのかな？　悪《あく》魔《ま》君《くん》たち、ケルベロスを止《と》めるために、せいぜいがんばって戦《たたか》ってね〜！」

(ちがう)

ケルベロスを止《と》めなきゃいけない。

でも止《と》める方法《ほうほう》は、戦《たたか》うことじゃない。

わたしは反射的《はんしゃてき》に駆《か》けだして、御影君《みかげくん》たちの前《まえ》に出《で》た。

「リン!?」

「ちょっ、下《さ》がれ！」

「危険《きけん》だ！」

わたしは笑顔《えがお》で御影君《みかげくん》たちに言《い》った。

「大丈夫《だいじょうぶ》。見《み》てて」

そしてケルベロスと向《む》き合《あ》って、話《はな》しかけた。

「こんばんは、ケルベロスさん。わたしは天ヶ瀬《あまがせ》リン。白魔女《しろまじょ》のリンです」

ジャックがおかしそうに笑《わら》った。

「なに、自己紹介《じこしょうかい》？　友達《ともだち》にでもなるつもり？」

「はい」

それはそんなに難《むずか》しいことじゃない。

だって、わたしは見《み》たことがある。

☆☆☆☆☆

昔《むかし》――ハロウィンの夜《よる》に、用意《ようい》したお菓子《かし》がなくなってしまったとき。
お母《かあ》さんはなんでもないことのように、さらりと言《い》った。

——お菓子《かし》がなかったら、お友達《ともだち》になればいいのよ。

胸元《むなもと》で点滅《てんめつ》しているスタージュエルを手《て》にとって、

——だって、仲良《なかよ》くなったお友達《ともだち》に、いたずらしないでしょ？

スタージュエルからキラキラ輝《かがや》く星《ほし》をあふれさせて、夜空《よぞら》に放《はな》った。

——ハロウィンはね、この世界《せかい》に来《き》たモンスターたちを、わたしたち魔女《まじょ》が歓迎《かんげい》する日《ひ》なのよ。

☆☆☆☆☆

スタージュエルを握《にぎ》りしめて、魔力《まりょく》をそそぐと、わたしは白《しろ》いウエディングドレス姿《すがた》になった。

そして昔《むかし》、お母《かあ》さんがやったように、スタージュエルの杖《つえ》をかかげて、白魔法《しろまほう》の呪文《じゅもん》を唱《とな》えた。

「カルルクローラ！」

それは幸福《こうふく》を願《ねが》うおまじないの言葉《ことば》。

スタージュエルが輝《かがや》いて、無数《むすう》の星《ほし》があふれた。

キラキラした小《ちい》さな光《ひかり》が跳《は》ねて、夜空《よぞら》に散《ち》らばる。

わたしは、新体操《しんたいそう》のリボンみたいに、スタージュエルの杖《つえ》をふった。

星《ほし》が夜空《よぞら》いっぱいに広《ひろ》がるように。

もっとたくさんきらめくように。

ケルベロスが首《くび》をもたげ、その目《め》がわたしを見《み》た。

でも、うなり声《ごえ》がやまない。

ケルベロスの首《くび》にかかっている重《おも》そうな鎖《くさり》が、じゃらんと音《おと》をたてた。

わたしはふり向《む》いて言《い》った。

「刹那君《せつなくん》、ケルベロスの鎖《くさり》を斬《き》って！」

「え？　な、なんで？」

「鎖《くさり》が、痛《いた》そうだから」

ケルベロスの３つの首《くび》にはそれぞれ太《ふと》い頑丈《がんじょう》そうな鎖《くさり》が巻《ま》かれている。

首回《くびまわ》りには生々《なまなま》しい傷《きず》があり、血《ち》がにじんでいる。

どこかにつながれていたのか、無理《むり》やり引《ひ》っぱってこられたのか。

血《ち》を流《なが》している状態《じょうたい》では何《なに》も楽《たの》しめない。

利那君《せつなくん》は動揺《どうよう》した様子《ようす》で、

「でも、もしケルベロスが暴走《ぼうそう》したら……うあっ⁉」

虎鉄君《こてつくん》がガシッと利那君《せつなきみ》の肩《かた》に手《て》を回《まわ》して、

「鎖《くさり》を斬《き》るぞ、利那《せつな》。俺《おれ》がアシストする」

ジャックがお腹《なか》を抱《かか》えて笑《わら》った。

「あははは！　無理無理《むりむり》！　ケルベロスだって壊《こわ》せない鎖《くさり》なんだよ？　悪魔《あくま》ふぜいが斬《き》れるわけないよ」

そしてかぼちゃをくりぬいた深《ふか》い闇《やみ》の目《め》で、利那君《せつなくん》を見《み》すえて、

「利那君《せつなくん》、君《きみ》はね、人《ひと》と人《ひと》との絆《きずな》を斬《き》ってればいいんだよ。悪魔《あくま》らしくね」

人《ひと》と人《ひと》をつなぐ絆《きずな》を切断《せつだん》することができる。

利那君《せつなくん》の特殊《とくしゅ》な能力《のうりょく》のことも、ジャックは知《し》ってるみたいだ
利那君《せつなくん》の足元《あしもと》に、エメラルドグリーンの魔法陣《まほうじん》が現《あらわ》れた。

その中《なか》で魔力《まりょく》をぐんと高《たか》めながら、利那君《せつなくん》はきぜんと言《い》い返《かえ》す。

「俺《おれ》はもう二度《にど》と絆《きずな》は斬《き》らない……そう決《き》めた！」

輝《かがや》くエメラルドグリーンの瞳《ひとみ》には、強《つよ》い決意《けつい》がきらめいている。

「虎鉄《こてつ》さん、アシストお願《ねが》いします！」

「おうっ」

利那君《せつなくん》はナイフを身構《みがま》えて、ケルベロスに向《む》かっていく。

ケルベロスが牙《きば》をむいてきたけど、虎鉄君《こてつくん》が風《かぜ》の魔法《まほう》でうまくケルベロスの気《き》をそらした。

利那君《せつなくん》は一気《いっき》に鎖《くさり》のそばまで行《い》き、

「だあああっ！」

ナイフをふりおろし、ケルベロスの鎖《くさり》に突《つ》きたてた。

でも鎖《くさり》はびくともしない。

ジャックがくすっと笑《わら》って、

「ほ～らね？　無理《むり》だって言《い》ったじゃないか」

「無理《むり》じゃないよ！」

わたしは叫《さけ》んだ。

「利那君《せつなくん》！　手《て》を！」

わたしは刹那君《せつなくん》に向《む》かって手《て》をのばした。

御影君《みかげくん》がわたしをお姫様《ひめさま》抱《だ》っこして、

「リンの頼《たの》みだから、仕方《しかた》なくだぞ！　1回《かい》だけだからな！」

怒鳴《どな》りながら、刹那君《せつなくん》のそばへ連《つ》れていってくれた。

わたしと刹那君《せつなくん》、お互《たが》いの手《て》がふれて、そしてにぎり合《あ》った。

瞬間《しゅんかん》、刹那君《せつなくん》のエメラルドグリーンの目《め》が輝《かがや》き、全身《ぜんしん》から魔力《まりょく》が噴《ふ》き出《だ》した。

悪魔《あくま》と魔女《まじょ》がふれ合《あ》えば、魔力《まりょく》を高《たか》めることができる。

「すっげ……！　リンちゃん最高《さいこう》！」

そう言《い》って、刹那君《せつなくん》はふたたびナイフを身構《みがま》えて、もう一度《いちど》鎖《くさり》に斬《き》りかかった。

「斬《き》れろ――――っ!!」

ビキイイィッ！

太《ふと》い鎖《くさり》に亀裂《きれつ》が走《はし》り、そして切断《せつだん》された。

ケルベロスに巻《ま》きついていた鎖《くさり》が、重《おも》い音《おと》をたてて落《お》ちる。

わたしはスタージュエルの杖《つえ》をかかげて、白魔法《しろまほう》の呪文《じゅもん》を唱《とな》えた。

「キャロリーナ・キャロジュエル・キャロライナ！」

白魔法《しろまほう》の光《ひかり》がケルベロスの傷《きず》を包《つつ》み、跡形《あとかた》もなく消《け》す。

痛《いた》みが消《き》えたのか、ケルベロスの表情《ひょうじょう》から険《けわ》しさが消《き》えた。

蘭《らん》ちゃんが宙《ちゅう》をすべり、綺羅《きら》さんのそばへ言《い》って叫《さけ》んだ。

「綺羅会長《きらかいちょう》、ピアノを弾《ひ》いて！」

綺羅《きら》さんはハッとし、蘭《らん》ちゃんを見上《みあ》げる。

「わたしは、リンみたいにあなたを許《ゆる》す気《き》にはなれないわ。でも……それでも、あなたのピアノは……けっこうイイと思《おも》う」

綺羅《きら》さんは驚《おどろ》いた様子《ようす》で、蘭《らん》ちゃんを見《み》ている。

「だから、きっとケルベロスも……！」

そのとき、綺羅《きら》さんの腕《うで》の中《なか》にいる灰色《はいいろ》の猫《ねこ》がうっすら目《め》を開《あ》けた。

「綺羅様《きらさま》……弾《ひ》いてください」

「群雲《むらくも》、しゃべってはダメ！　動《うご》いたら……！」

群雲《むらくも》さんが息絶《いきた》え絶《だ》えに、残《のこ》った力《ちから》をふりしぼって言《い》った。

「最期《さいご》に……聴《き》きたい――」

綺羅《きら》さんの目《め》がゆれる。

綺羅《きら》さんは群雲《むらくも》さんを地面《じめん》に横《よこ》たえた。

そして涙《なみだ》をぬぐって、力強《ちからづよ》く立《た》ち上《あ》がって叫《さけ》んだ。

「スパイラル・スピンクス！」

魔法《まほう》の糸《いと》がつむがれて、それが綺羅《きら》さんの指先一本一本《ゆびさきいっぽんいっぽん》につながれる。

そしてピアノを弾《ひ》くように指《ゆび》を動《うご》かした。

音楽室《おんがくしつ》からグランドピアノの音《おと》が流《なが》れてきて、あたりに響《ひび》く。

そのきれいな旋律《せんりつ》にのせて、わたしはスタージュエルの杖《つえ》をふった。

指揮者《しきしゃ》が指揮棒《しきぼう》をふるみたいに。

綺羅《きら》さんのピアノの演奏《えんそう》に合《あ》わせて、星《ほし》を飛《と》ばす。

そのとき、スタージュエルの光《ひかり》に、炎《ほのお》がよりそってきた。

御影君《みかげくん》が放《はな》つ炎《ほのお》が、わたしの放《はな》った星《ほし》をとりまくように燃《も》える。

「きれい……！」

「俺《おれ》とリンの愛《あい》の共同作業《きょうどうさぎょう》……あっ！」

突風《とっぷう》が吹《ふ》いて、炎《ほのお》を吹《ふ》き飛《と》ばした。

今度《こんど》は風《かぜ》が、キラキラ星《ぼし》をのせて、あたりを吹《ふ》き巻《ま》く。

「星《ほし》をよりきれいに見《み》せるには、風《かぜ》が最適《さいてき》だ」

温《あたた》かい炎《ほのお》に照《て》らされながら踊《おど》る星《ほし》。

風《かぜ》に吹《ふ》かれて、くるくる回《まわ》る星《ほし》。

無数《むすう》の星《ほし》が、夜空《よぞら》にきらめく。

ケルベロスは体《からだ》をゆらしながら、わっふ、わっふ、と歌《うた》うように声《こえ》を出《だ》している。

刹那君《せつなくん》がハハッと笑《わら》った。

「すっげー……ケルベロスが歌《うた》ってる！」

3本《ぼん》の長《なが》いしっぽをふりふりふっている。

顔《かお》をこわばらせていた蘭《らん》ちゃんも、思《おも》わず笑《え》みをこぼした。

「遊《あそ》んでる。楽《たの》しそう」

横《よこ》たわっている群雲《むらくも》さんも踊《おど》る星《ほし》を見《み》つめ、響《ひび》きわたるピアノに耳《みみ》をすましている。

満天《まんてん》に星《ほし》がきらめいた。

それを眺《なが》めていた、ジャックが不快《ふかい》そうにボソッとつぶやく。

「……んだよ、これは」

そのすぐそばで、零士君《れいじくん》が呪文《じゅもん》を唱《とな》えた。

「ハイフロー」

「うっ⁉」

次《つぎ》の瞬間《しゅんかん》、白《しろ》い手袋《てぶくろ》をしたジャックの手《て》が凍《こお》りついていた。

零士君《れいじくん》は、命《いのち》の炎《ほのお》が入《はい》ったランタンをその手《て》からとって、

「人々《ひとびと》の命《いのち》、返《かえ》してもらう。――ディスジェイド！」

零士君《れいじくん》の冷気《れいき》がランタンを木《こ》っ端微塵《ぱみじん》に砕《くだ》いた。

閉《と》じこめられていた命《いのち》の炎《ほのお》はあちこちへ飛《と》んでいき、それぞれあるべき人《ひと》の体内《たいない》へ帰《かえ》っていく。

やがて……静《しず》かに、綺羅《きら》さんのピアノの演奏《えんそう》が終《お》わった。

それと同時《どうじ》に、スタージュエルの杖《つえ》がペンダントに戻《もど》った。

わたしは息《いき》をつき、ケルベロスを見上《みあ》げて、

「ケルベロスさん、楽《たの》しんでいただけましたか？」

ケルベロス３頭《とう》が同時《どうじ》に吠《ほ》えた。

遠吠《とおぼ》えのような声《こえ》と一緒《いっしょ》に、その体内《たいない》からキラキラした光《ひかり》がとびだしてきた。

無数《むすう》のキラキラは、まるで流星群《りゅうせいぐん》。

ケルベロスの光《ひかり》が宙《ちゅう》を流《なが》れ、わたしの前《まえ》で集《あつ》まって、ひとつのかたまりになった。

「これは……？」

零士君《れいじくん》が驚《おどろ》きをあらわに言《い》った。

「ケルベロスの守護星《しゅごせい》だ！」

「守護星《しゅごせい》……？」

キラキラしてるけど、まぶしくはなくて、優《やさ》しい光《ひかり》を放《はな》っている。

夜空《よぞら》で輝《かがや》く一等星《いっとうせい》のようだ。

「ケルベロスは地獄《じごく》の番犬《ばんけん》として、凶暴《きょうぼう》なイメージがあるが、もとはケルベロス座《ざ》という星座《せいざ》にもなっていたほどの神獣《しんじゅう》だ。それは、強《つよ》い加護《かご》のある守護星《しゅごせい》だ」

虎鉄君《こてつくん》が楽《たの》しげに笑《わら》って、

「ケルベロスからリンへのお礼《れい》だろ。楽《たの》しかった、ありがとうってな」

わたしはケルベロスの三《みっ》つの顔《かお》を見《み》あげた。

ケルベロスは体《からだ》が大《おお》きくて、鋭《するど》い牙《きば》や爪《つめ》を見《み》ると迫力《はくりょく》があるけど、わたしを見《み》つめる瞳《ひとみ》はとても優《やさ》しい。

「わたしも楽《たの》しかったです。ありがとう」

そして手《て》をのばして、両手《りょうて》で星《ほし》を受《う》けとった。

ケルベロスは踵《きびす》を返《かえ》した。

ゆっくり体《からだ》を動《うご》かしながら、みずから魔法陣《まほうじん》に戻《もど》っていく。

お菓子《かし》をもらって、喜《よろこ》び帰《かえ》っていくハロウィンモンスターみたいに。

「さようなら、ケルベロスさん」

3つの頭《あたま》が返事《へんじ》をするように、同時《どうじ》に吠《ほ》えた。

そして、魔法陣《まほうじん》とともに消《き》えた。

「リンちゃん、君《きみ》っておもしろいね」

ジャックが上空《じょうくう》に浮《う》かび、ステッキをくるくる回《まわ》しながら、わたしを見下《みお》ろす。

「ふつう魔女《まじょ》が3人《にん》もの悪魔《あくま》と契約《けいやく》したらさ、やりたいことを好《す》き放題《ほうだい》やると思《おも》うんだよね。なのに君《きみ》がやることといえば、悩《なや》み相談《そうだん》とか、人助《ひとだす》けとか、いい子《こ》ちゃんなことばっかりでさ。正直《しょうじき》、つまんない魔女《まじょ》だな〜って思《おも》ってた。でも今日《きょう》の君《きみ》ってば、ケルベロスを治療《ちりょう》するわ、鎖《くさり》を斬《き》るわ、手《て》なずけるわ……ボクの予想《よそう》を超《こ》えることばっかりやるんだもん。そんな魔女《まじょ》、初《はじ》めて見《み》たよ」

かぼちゃをくりぬいた目《め》の奥《おく》が鋭《するど》く光《ひか》った。

「ボク、君《きみ》にすっごく興味《きょうみ》が湧《わ》いちゃった♪　これからじっくり研究《けんきゅう》させてもらうよ」

御影君《みかげくん》たち3人《にん》が、わたしを背《せ》にかばってジャックをにらむ。

「リンにちょっかい出《だ》したら、燃《も》やす！」

「この世《よ》の果《は》てまでぶっとばす！」

「未来永劫《みらいえいごう》、氷《こおり》の中《なか》に封《ふう》じこめる！」

悪魔《あくま》3人《にん》が、炎《ほのお》、風《かぜ》、冷気《れいき》を放《はな》ちながら、牙《きば》をむくように威嚇《いかく》する。

でもジャックは恐《おそ》れる様子《ようす》もなく、楽《たの》しげにあははっと笑《わら》って、

「悪魔《あくま》なんかに、ボクは止《と》められないよっ。リンちゃん、またね！　バイバ〜イ！」

ステッキをくるっと回《まわ》して、マジックみたいにパッと消《き》えた。

7

わたしは綺羅《きら》さんのそばへ行《い》き、ケルベロスからもらった星《ほし》をさしだした。

「綺羅《きら》さん、これ使《つか》ってください」

綺羅《きら》さんがハッとわたしを見《み》る。

その瞳《ひとみ》は、驚《おどろ》きに大《おお》きく見開《みひら》かれている。

「強《つよ》い星《ほし》の加護《かご》があるそうです。もしかしたら、群雲《むらくも》さんを助《たす》けられるかも」

綺羅《きら》さんの表情《ひょうじょう》はとまどいでゆれている。

「……どうして？」

「わたしには綺羅《きら》さんの気持《きも》ちを理解《りかい》するのは無理《むり》かもしれません。でも——悪魔《あくま》とずっと一緒《いっしょ》にいたいって気持《きも》ちはわかります」

わたしだって、もしも御影君《みかげくん》たちに何《なに》かあったら……助《たす》ける方法《ほうほう》があるのなら、わたしもきっと、助《たす》けられる方法《ほうほう》を探《さが》す。

「だから、どうぞ」

綺羅《きら》さんは迷《まよ》っているみたいだった。

プライドが許《ゆる》さないのか、わたしを信用《しんよう》できないのか。

ケルベロスの星《ほし》を見《み》つめながら考《かんが》えこんでいる。

「群雲《むらくも》さん、言《い》ってました。『わたしは綺羅様《きらさま》の災《わざわ》い』だって、『わたしが綺羅様《きらさま》を不幸《ふこう》にしている』って」

綺羅《きら》さんは大《おお》きな声《こえ》で反論《はんろん》した。

「それはちがうわ！」

「ですよね。ちがうって、群雲《むらくも》さんに言《い》ってあげてください」

わたしは綺羅《きら》さんの手《て》をとって、ケルベロスの星《ほし》をのせた。

綺羅《きら》さんは星《ほし》を両手《りょうて》でにぎりしめ、祈《いの》りながら言《い》った。

「お願《ねが》い、どうか……どうか群雲《むらくも》を蘇《よみがえ》らせて……！」

強《つよ》い輝《かがや》きがほとばしり、灰色《はいいろ》の猫《ねこ》を照《て》らした。

猫《ねこ》から悪魔《あくま》の姿《すがた》になって、そして群雲《むらくも》さんの姿《すがた》になった。

「……群雲《むらくも》……！」

目《め》を潤《うる》ませる綺羅《きら》さんに、群雲《むらくも》さんは執事《しつじ》のような厳《きび》しい口調《くちょう》で、

「綺羅様《きらさま》、わたしが忠告《ちゅうこく》したとおりだったでしょう。魔導書《まどうしょ》、ジャック・オー・ランタン、そんなものに頼《たよ》っても、ろくなことになりません」

綺羅《きら》さんはムッとして、

「何《なに》よ、全部《ぜんぶ》わたくしのせいだっていうの？」

「そうです。あなたがわがままだから」

「あなただって、わたくしのそばにいたいくせに！　なのに……勝手《かって》にいなくなろうとするから……！」

綺羅《きら》さんはうつむいて、震《ふる》えながら唇《くちびる》を噛《か》みしめる。

群雲《むらくも》さんはその姿《すがた》をじっと見《み》つめ、深《ふか》く息《いき》をついた。

「――そうですね、わがままなのはわたしの方《ほう》。離《はな》れなければいけないと思《おも》いながら、どうしても離《はな》れられなかった……あなたを守《まも》りたいと願《ねが》いながら、あなたの命《いのち》をおびやかしてしまった」

綺羅《きら》さんは群雲《むらくも》さんの黒衣《こくい》をにぎりしめ、紫《むらさき》の瞳《ひとみ》をまっすぐ見《み》ながら言《い》った。

「群雲《むらくも》、あなたは災《わざわ》いなんかじゃないわ。不幸《ふこう》だったら、そばにいてなんて言《い》わない。だから……わたくしのそばにいなさい」

群雲《むらくも》さんは綺羅《きら》さんを見《み》つめながら問《と》う。

「いつまでですか？」

「ずっとよ」

「ずっととは？」

「ずっとと言《い》ったら、ずっとよ」

群雲《むらくも》さんはフッと笑《わら》って、

「子供《こども》のような言《い》いようですね」

綺羅《きら》さんはカッとなって、

「笑《わら》わないで！　真剣《しんけん》に言《い》っているのに、子供《こども》あつかいしないで！」

プイッと顔《かお》をそらして、子供《こども》みたいに頬《ほお》をふくらませてすねる。

わ〜、こんな綺羅《きら》さん、めずらしいかも。

綺羅《きら》さんはいつも、きれいで、かっこよくて、大人《おとな》っぽい。

これはきっと、群雲《むらくも》さんにだけ見《み》せる姿《すがた》なんだろう。

すごくかわいらしい。

「綺羅様《きらさま》、こちらを向《む》いてください」

へそを曲《ま》げてしまったのか、綺羅《きら》さんは背《せ》を向《む》けてしまった。

「嫌《いや》よ。また笑《わら》うもの」

「笑《わら》うのは、楽《たの》しいからですよ。うれしいから、いとおしいから……わたしはあなたと出《で》会《あ》って、初《はじ》めて笑《わら》ったんです」

綺羅《きら》さんの肩《かた》がぴくりと動《うご》く。

群雲《むらくも》さんが綺羅《きら》さんの長《なが》い黒髪《くろかみ》にふれて、優《やさ》しい声《こえ》で言《い》った。

「こっちを向《む》いて、綺羅《きら》」

綺羅《きら》さんはゆっくりとふり向《む》く。

群雲《むらくも》さんは綺羅《きら》さんの頬《ほお》にふれ、いとおしそうに見《み》つめながら言《い》った。

「綺羅《きら》……魔女《まじょ》にも悪魔《あくま》にも、命《いのち》にはかぎりがある。いつか、別《わか》れは必《かなら》ず来《く》る」

綺羅《きら》さんの目《め》がじわっと潤《うる》む。

「ずっと……いられないの？」

「永遠《えいえん》はない。だが、わたしのすべてを綺羅《きら》に捧《ささ》げる。わたしの時間《じかん》、わたしの魔力《まりょく》、わたしの愛《あい》……ふたたび与《あた》えられたこの命《いのち》が尽《つ》きるそのときまで……死《し》がふたりを分《わ》かつまで、共《とも》に生《い》きよう」

それは結婚《けっこん》の宣誓《せんせい》のようだった。

綺羅《きら》さんの目《め》から、透《す》きとおった涙《なみだ》がこぼれる。

綺羅《きら》さんは群雲《むらくも》さんに抱《だ》きついて、声《こえ》をあげて泣《な》いた。

しゃくりあげて泣《な》きじゃくる綺羅《きら》さんを、群雲《むらくも》さんが優《やさ》しく抱《だ》きしめる。

わたしは小声《こごえ》で、みんなに言《い》った。

「行《い》こ」

校舎《こうしゃ》の階段《かいだん》をおりていると、蘭《らん》ちゃんが話《はな》しかけてきた。

「クッキー、渡《わた》しそこねちゃったわね」

そういえば、綺羅《きら》さんに渡《わた》そうと思《おも》っていたクッキー。

星占《ほしうらな》い部《ぶ》のブースに置《お》いたままだ。

「また今度《こんど》にするよ」

「渡《わた》しなさいよ。きっともらってくれるわよ」

「だといいな」

昇降口《しょうこうぐち》から外《そと》へ出《で》ると、かずみちゃんとばったり会《あ》った。

「あ、リンリン！　生徒会長《せいとかいちょう》、知《し》らない？」

どきっ！

わたしはなるべく笑顔《えがお》で問《と》い返《かえ》す。

「えっと……どうして？　何《なに》かあったの？」

「何《なに》かあったみたいなんだけど、よくわかんなくて。なぜかみんな、地面《じめん》で寝《ね》てて。でっかい怪物《かいぶつ》を見《み》たとか、かぼちゃがしゃべったとか、すごい騒《さわ》ぎになってて。あたしもなぜか地面《じめん》に寝転《ねころ》がりながら、イケメン王子《おうじ》に告白《こくはく》される夢見《ゆめみ》てたんだよね〜」

そっか。

みんな気《き》を失《うしな》っていたし、夢《ゆめ》を見《み》てたって思《おも》ってるみたい。

「ハロウィンナイトのスケジュールが、めちゃくちゃになってて、騒《さわ》いでる人《ひと》もいて、収《しゅう》拾《しゅう》つかなくなってるみたいで。どうすればいいか、生徒会長《せいとかいちょう》の指示《しじ》がほしいんだって」

「わたしが行《い》くよ」

いま綺羅《きら》さんと群雲《むらくも》さんは、お互《たが》いを抱《だ》きしめ合《あ》っている。

たぶん、喜《よろこ》びや安心《あんしん》や愛情《あいじょう》……さまざまな思《おも》いを噛《か》みしめながら。

ようやくおとずれたその時間《じかん》を、守《まも》りたい。

「えっと、わたしが行《い》って……綺羅《きら》さんのお仕事《しごと》、代《か》わりにやろうかなって……」

言《い》いながら、冷《ひ》や汗《あせ》が出《で》てきた。

綺羅《きら》さんの代《か》わりがわたしにできるのか、不安《ふあん》すぎる。

すると、零士君《れいじくん》がわたしの横《よこ》に立《た》って、

「生徒会長《せいとかいちょう》は急用《きゅうよう》のため、学園《がくえん》を出《で》た。あとのことは、リンと僕《ぼく》たちに任《まか》された」

「え？　そうなの？」

「トラブル対応《たいおう》は僕《ぼく》がやろう。あとは、仮装《かそう》コンテストの進行《しんこう》と、ダンスパーティーか」

虎鉄君《こてつくん》が刹那君《せつなくん》の肩《かた》をたたき、

「おっし！　刹那《せつな》、仮装《かそう》コンテストの進行《しんこう》やろうぜ。ステージで司会《しかい》やって、盛《も》り上《あ》げるぞ！」

「はいっ！」

御影君《みかげくん》がヴァンパイアのマントをばさっと翻《ひるがえ》して、

「ダンスパーティーの仕切《しき》りはまかせろ！　クライマックスはもちろん、俺《おれ》とリンのダンスだ！」

悪魔《あくま》って、本当《ほんとう》に頼《たの》もしい。

「みんなで、がんばろっ」

年《ねん》に一度《いちど》のハロウィンナイト。

みんなと笑《わら》いながら、楽《たの》しい夜《よる》を過《す》ごした。


【おわり】